今夜，即便这份恋情从世界消散

［日］一条岬 著
段练 译

新 星 出 版 社 NEW STAR PRESS

目　录

一位本该与我毫无关系的美丽女孩对我说道：

“我可以和你交往，但是有三个条件：

第一，在放学之前彼此不要说话。

第二，联系时说话尽量简洁。

最后一条，不要真的喜欢上我。你能做到吗？”

那个时候的我，有好多事情还想不明白。

往最迫切的问题上说，我想不出一个虚情假意的正确告白方式；往哲学上说，我不理解死亡；往诗意上说，我还不懂情爱。

然后，现在又新增了一个疑问，就是对我自己的疑问。

不知为何，在面对这位从头到脚都很陌生的女孩的提议时，我竟然说了“好啊”。

陌生的他，
心中陌生的她

1

曾经我一直坚信，自己会平淡无奇地过完这一生，干不出什么一鸣惊人的事。细细一想，我安分守己，小心翼翼，压根没做过什么出格的事。这平庸劲还不止呢，连我在学校的成绩都是如此，实在没什么值得一提的。既不妄自菲薄，也不妄自尊大。

可就在那一天的放学后，我干了一件大事。

新学期开学还没过多久，班上就有几名男生开始找别的男生的麻烦了。

我们学校是奔着读大学去的重点高中。大家拼了劲儿地考进来，到了高二分班考试，成绩靠后的进了这个吊车尾的班级。我猜他们也是一肚子不爽才整天惹事。虽然我能理解，但实在无法认同。

而被他们盯上的男生恰巧就坐在我的前面。

我倒也不是故意不交朋友，只是更喜欢坐在教室里看书，不想和其他人扯上关系而已。可一群人合起来欺负一位老实的同学，我也实在看不过眼。

那天还是和往常一样，他们又在班上招惹起是非。

“你们这群人，做这种事很有意思吗？能得到什么？”

我的话音刚落，教室里的时间仿佛停滞了。一名看上去像是他们当中带头的男生回过头看了我一眼，不屑地笑了。

我看明白了这一笑的意思。没错，那个摊上事的人，现在变成我了。不过，也仅仅如此，我并未放在心上。

面对幼稚的捉弄，背地的坏话与嘲笑，我一概选择不理会。看我是这样的反应，他们也觉得没意思，没过多久，又转头去欺负原来那名男生了。

这一次，他们选择在背地里偷偷地找碴。而且，听说他们开始敲诈他的钱了。出于这个原因，我前面那个男生经常请假不来学校。

我一肚子火，再也坐不住了，压着怒火说："别太过分了！"

"那你照我说的做，一件事就行，要是做到了，我们就收手。"带头的男生如此回答道。

我答应了，同时做好了心理准备。没想到这家伙居然冒出一句像是初中生才会说的话。"今天之内，去向一班的日野真织表白。"

当天一下课，我就在走廊叫住了她，按照命令，把她叫去了教学楼后面。在他们所有人的监视下，我向日野真织表白了。

本来我打算事后再向她解释这一切，顺便道个歉，可出乎意料的是，她竟然爽快地接受了我的表白。

"我可以和你交往，但是有三个条件。"

在我面前，女孩竖起手指，配合一、二、三的手势，开始说条件。

我惊讶得连话都说不出了，估计躲在后面原本打算看好戏的那群家伙也一样吧。

我并不太了解眼前的这位女孩。

日野真织，精英班一班的学生。班上的人偶尔会提起她，在大部分男生眼里，她十分有魅力。

我不禁重新打量起眼前的女孩。

她是一位美丽的女孩，本该与我毫无关系。

如果我说“不行”，她会不会拨弄着头发，说一句“那我们都当这件事情没发生过”，然后扬长而去呢？

这对她来说也没什么坏处吧，所有的闹剧是不是也可以就此收场呢？

“我答应你。”

我的声音仿佛是别人发出来的。

回过神来时，我都不明白为什么会就这么答应了，对自己的行为感到难以置信。

日野好像也察觉出我的表白得打一个问号。尽管如此，她还是放松了紧张的表情，不知不觉间露出了笑容。

“嗯，就这么说定了。从明天开始我们就是一对情侣啦，请多关照呀。”

然后，她一副“这里没我什么事了吧”的样子转身而去，只留给我一个背影。

我这么想着，她又回过头，带着微笑朝我走来。

她笑得十分自然，没有任何伪装，问我：“差点忘了，你叫什么名字？你再说一遍吧。”

“啊，哦……神谷，我叫神谷透。”

“记住啦。透同学，对吧？我叫日野真织。明天下课之后，我再来找你。哦，对了，我刚说的交往的条件，希望你能向其他人保密。那我先走了。”

她说完，又笑了笑，这次是真的头也不回地走了。

那群家伙本来想看我被拒绝而出丑的样子，谁知道故事的发展这么无趣，终于憋不住跑了出来。

想看我笑话的带头男生，从嘴里一个字一个字地蹦出话来。“你小子，想什么呢？”

“不是你们让我这么做的吗？”

略带危险的气氛在我们之间蔓延开来。

他瞪着我，一脸的不屑。接着，他用胳膊撞了我一下，不高兴地从我身边走过。跟在后面的人似乎想说些什么，最后还是默默地跟着走了。

他们全部消失后，我又望了一眼日野离开的方向。

至今为止，我从来没有喜欢过学校里的女孩子。

我该不会有“恋姐情结”吧？我与父亲二人平平淡淡度日，一心期盼着让我仰慕的，如母亲一般的姐姐回家。

我曾以为我这辈子也就这样了。因为家里的情况，我也没想过考大学，只想着以后随便找一份工作。我还猜测，这次被分到这个吊车尾的班级，和我消极的想法不无关系。

升上高中，其他同学纷纷谈起恋爱。我也不是故意不走寻常路，只是实在没怎么关注周围同年级的女生，当然也包括这位日野真织。

我是不是应该追上去向她解释清楚，那番告白并不是真的？可刚才干脆地说“我答应你”的人不就是我自己吗？一想到这里，我就不知道该怎么再次开口。

对了，日野好像还说了明天下课再找我，不如干脆等到明天再好好地和她说清楚吧。今天就先好好整理一下思绪。

我心里琢磨着这些事，抬头看了一眼未见夕阳的天空，径直回家了。

这便是我与她相遇的故事。

2

每天清晨，我睁开眼睛后的第一件事就是洗衣服。

我们父子俩住在公营住宅小区，家里的大小事务多数是我在操持。要洗的衣服也就两个男人的分量，其实没必要每天都洗，可就是这样一个略显冷清的小家，我也有想要坚持的事。

离家的姐姐过去总唠叨要保持卫生感。虽然当时并不富裕，但她在细节上十分讲究。我和父亲平日里用的手帕和衣服一直被她熨烫得整整齐齐，没有一丝皱褶。

姐姐还说，外表的整洁是一回事，更难得的是扎根于生活中的每一处卫生感。现在想来，或许她是希望我们在拮据的日子里也能活出一份体面吧。

我晾完衣服，接着准备早饭和便当。父亲起床以后，走到和厨房紧挨着的客厅来。

“早啊，透。哟，今早我们吃什么呀？”

“早安，爸爸。别急着吃饭，今天总该刮胡子了吧。”

父亲乍一看还算清爽，就是那乱糟糟的胡子看起来十分别扭。

父亲在附近的汽车工厂当线路工人，工资不高，好在下班还算早。

而母亲很早就离世了。母亲还在时，时常还能见到父亲为人父的几分霸气，只可惜现在全无踪影。亲戚们也不免议论，要不是因为母亲早早离世，父亲也不至于此。

我与父亲一起双手合十，然后开始享用还在冒热气的早饭。我第一个吃完，把准备好的饭菜装进两人份大小的便当盒里，又将碗筷收拾干净。拿起便当盒和书包，装好手帕，我和父亲打了一声招呼，这才出门上学。

五月的天空，是那么澄澈，那么蔚蓝。我爱五月，因此不免感叹它过得太快。这可能与从姐姐那里听来的另外一个版本的“五月病”说法有关。**（注：日本人通常说到“五月病”指的是一种假期综合征。由于新财年和新学年从四月开始，但四月底至五月初恰逢日本的黄金周假期，因此无论是工作或学习都易产生厌倦疲乏的情绪问题。）**

她说春樱散落，忙碌的四月过去，就到了能让人静下心来的日子。树树有绿叶，望着茂密的绿叶，也算是悠闲自在。这样的“五月病”，真是风雅极了。

姐姐是像草木一样文静的人。不过有时候，她也会一本正经地对我说这样的歪理。

我回忆着过去的事，朝车站的方向走去。途中经过的公园树丛繁密，当中生出了一些新生的绿叶，郁郁葱葱。我仿佛被眼前的美景夺走了心神，想将它铭记于心后再离去。

五月病，实在是风雅。

第二节课的课间休息，我和坐在前面的下川聊着与五月病有关的事。这时，下川突然打断我说："这个耐人寻味的话题先放一边，你快看走廊那边！绵矢同学是不是一直在盯着我们看啊？"

我目光一转，只见那边站着一名漂亮但看上去板着脸的女生。

她正是日野的朋友绵矢。她鬼鬼祟祟地窥探着整间教室，班里也有不少同学好奇地看着她。

我从没和绵矢说过话。和日野一样，她们都是我完全扯不上关系的人。不过我听人私底下说，这位绵矢同学十分聪明，长相又十分清秀，是个美人。

昨天放学后我在走廊叫住日野时，绵矢也在她身边。当我说有事要谈，让日野跟着我去教学楼的后面时，绵矢似乎很意外，直直地看着我，最后却没有跟过来。

我收回视线，小声对下川说：

"有件事我还没告诉你。昨天放学后，我向一班的日野表白了。"

"是……是吗？怎么回事啊？"

下川同样在看绵矢，听到我的话，吓了一大跳，赶紧问我发生了什么。虽然他今天按时来学校了，但昨天请假了。

我并没有急着回答，而是先瞄了一眼班上那群男生小团体。带头的家伙也注意到我，装作无所事事的样子四下张望，避开了我的目光。

那群人今早没去找下川的麻烦，算是信守他们的承诺了吧。

我再次往走廊的方向望去，这一次，和绵矢的目光对上了。

仔细一看，她留着短发，与她端正的五官倒是很相称，只是脸上的神色让我琢磨不透。虽然她肯定不想被我这么评价吧。

"请问……"

绵矢率先开口了。她和日野关系那么好，多半是要向我打听昨天的事 。

我不想太引人注目，在她把我叫出去之前，抢先站起身往教室外走。

"下川，你等我一下。我马上就回来。"

"啊？哦，好。"

我走出教室，从绵矢身边走过。面对一脸诧异回过头来看我的绵矢，我指着走廊的角落，她似乎就明白了我的意思，一言不发地跟了过来。

"抱歉，你有什么事吗？"

走到四下无人的角落，我回过头问她。

"你就是神谷，没错吧？"

她言语间没有一丝犹豫，向我确认我的名字。我点点头。

"你是绵矢同学吧？"

"叫我绵矢就行了。这么说来，我们应该没说过话吧？我找了你好久。"

她这么说着，又意味深长地盯着我看。

所谓的现实就是，如果你不向前走一步，就不会有所收获。这会，我怀着有些复杂的心情看着本已停滞的事态再次一点点发展。

"你找我有什么事吗？"

"啊？哦，和日野真织有关……你们在交往的事，是真的吗？"

她这么一问，我所有的语言都像是被抛到半空中去了。虽然我设想过会被这么问，但还是不知道该如何回答。

“嗯，算是吧。”

我先随便答了一句，绵矢听了十分吃惊。

“原来真有这么一回事啊。可为什么这么突然？你和真织好像不认识吧？”

“感情这东西是藏在心里的，别人看不见。”

“也就是，一见钟情？”

“嗯，应该是这种感觉吧。”

我故意说得模棱两可。绵矢一听，想了一会儿。

“也许我突然说这样的话，会让你觉得不太舒服。”

“什么？”

“我的意思是……如果你对真织不是认真的，只是因为一时兴起，或是抱着随便玩玩的态度才和她交往的话，我劝你还是算了。”

这真是出人意料。我定睛看着绵矢，难道她已经知道什么了吗？

我对日野表白的事只有昨天那几名男生知道。况且事情的起因是他们欺凌同学，我想他们还不会愚蠢到在社交圈里散播这样的事情引起混乱吧。

我不再多想，问道：“你为什么会这么想？”

绵矢微微皱起眉头。

“嗯，这么说吧。我经常被人说看上去冷冰冰的，没什么感情。他们说得没错，我的确是这样的人。不过，真织是我最在乎的人。我不希望她不开心，因此一听说有人向她表白了，就赶紧来看看到底是个什么样的人。我总觉得你好像不是真的喜欢真织？”

这番追问戳到了我的痛处，我顿时哑口无言。

“我们之间的事，你怎么会懂？”我故作镇定。

“我当然懂啊。神谷，你和我是一类人。你知道你现在说话的语气冷冰冰的吗？我们在聊的可是你一见钟情的女生啊，可你冷淡的脸上竟然没有任何表情变化，也没有一丝害羞。我能看到的，只有一副仿佛在说‘怎么办，好麻烦啊’的表情。”

我紧盯着绵矢。现在我的神情是不是有所变化？是不是在这里向她解释一下那通虚假的表白会比较好？

“最后一条，不要真的喜欢上我。”

这句话让我隐约觉得，日野很快就看穿了我的表白并非真心，而是有一些隐情，才顺势答应了我的表白。至于条件，也许她并没有告诉绵矢。

“总之，今天放学后我会找日野说清楚的。我们回头再聊吧。”

我想要岔开话题，绵矢却面无表情地死死盯住我。我实在揣测不出她这会在想什么。

突然，绵矢眼神轻微一闪，开口说道：

“抱歉。其实我也知道，突然来找你问这么隐私的事，你肯定觉得我是个怪人吧？嗯，我觉得你不像坏人，不会伤害真织。真对不起啊，本来我只是好奇你是个什么样的人，想和你聊几句来着。”

我露出蹩脚的假笑。

“啊，哦，这样啊。既然这样，就没有别的什么事了吧？”

“差不多。对了，如果你因为真织产生什么烦恼的话，不用客气，可以找我商量。还有，可以告诉我你的联系方式吗？”

我的手机还是老式的翻盖机。

和我交换了邮箱地址后，绵矢就离开了。

眼前发生的事，让我萌生出立刻找日野解释这一切的想法，可是日野提出的第一个条件就是“在放学之前彼此不要说话”，我只好又回到教室中。

我一坐下，坐在前面的下川就饶有兴趣地问我：“神谷同学，你和绵矢同学之间发生了什么事吗？”

“不，怎么说呢，可以说是有事，也可以说是没事。”

我回答得含糊其词。见我这样，下川低下头。

“难道我又给神谷同学添麻烦了吗？”

“没有啊，干吗这么问？”

“因为……今天他们没来找我的麻烦。我才休息了一天，神谷同学的周围就发生了这么多的事。你说你向日野同学表白了，我担心会不会是因为我，他们才逼你做这些？”

他急切地询问我，一字一句中充满了善意。

下川因为略微肥胖的身体而被人嘲笑，内心却善良极了。只可惜，人心是肉眼看不见的。那些没心没肺的人时常嘲笑下川，以此来发泄自己的郁闷和不满，这才有了下川被长期欺负的事。

自从我向那些故意找碴的人抗议后，目标就转移到我身上。周围的人不再和我说话，唯有下川，也许是担心我，倒是经常来找我。

周围的人疏远我，还有像小孩子似的骚扰，这些我都不放在心上。我以为情况会一直这样持续下去，没想到当我一次次无视他们，不把他们的骚扰放在眼里时，目标又回到了下川身上。而且他们越发阴险，在暗地里隐蔽地进行骚扰。我也是最近才发现，他们甚至敲诈起了钱财。

我本想趁下川不在时好好教教他们怎么做人，不曾想带头的家伙提了那个建议。于是，故事演变到现在——我向日野告白了。

我觉得很过意不去，打算诚心向她道歉，让她就当被一条臭狗咬了。也怪自己当时头脑发热答应了，让事情变得一发不可收拾。

除了我和日野二人交往的条件，我将昨天的事情一五一十地告诉了下川，并且叮嘱他不可以说给别人听。

最初，下川听着我的话，嘴唇紧闭，一言不发。不一会儿，他的表情像在说“竟然会有这样的事”，显得十分惊讶。

“我不在的时候发生了这样的事啊。”

“差不多就是这么一回事吧。今天放学后，我打算找日野谈谈。”

“我明白了。谢啦，神谷同学，你又帮了我一次。啊，只是……”

下川看起来仿佛有什么心事，话到了嘴边却没有继续说下去。

“怎么了？”

“就是……我想了想，我不相信那群人会就此停手。我很快就要转学了，不知道我转学之后神谷同学会不会再被骚扰。”

由于父母工作变动，下川很快就要转学去中国了。我在心里暗自揣测，但愿不是因为那帮人的骚扰刺激了他。

中国的暑假比日本来得早，不少地方六月中旬已经开始放假了。因此，下川需要配合中国学校的时间，尽早过去办完必要的手续。

“以后的事情以后再说，就别想那么多了。你还有两周就要走了，不如先把眼下的日子过开心？”

我这么说道，下川仍像在思索什么。片刻之后，他点头道：“嗯。”

很难得地，下川笑了。我太久没在他脸上见到这样的笑容了。

这一天就在平静中度过了。直到放学，那些家伙都没有任何行动。我与日野约好了放学后见面，但没说在哪里见面。我想着表白时已经提了自己的班级，决定暂时在教室里等。

下午的班会结束后，我和下川说了再见。他和我都是“归宅部”**（注：指的是在日本校园里，不参加任何社团活动，一放学就回家的学生）**的成员，放学后我们总是结伴走。路不长，也就走到离学校最近的车站而已。

我担心如果让下川一个人回家，他少不了要被那群家伙骚扰，不过听说他的母亲今天会来学校办理转学的手续。

下川与母亲向班主任打了招呼之后，两个人一起坐车回家了。

我从窗边的座位上环顾教室，发现那些家伙已经不在了，便从书包里拿出一本杂志，打算坐在自己的座位上看一会儿书消磨时间。

教室里的同学一个接一个地离开了，远处传来吹奏部的演奏声，几个运动类的社团也纷纷做起了热身运动。

我并不讨厌空气中那几分孤独感。窗外湛蓝的天空仿佛被切割成方块，清冷寂寥的氛围在无人的教室里漂浮着。也不知过了多久，连隔壁班的嘈杂声音也完全消失了。教室的门敞开着，我的感官像是被无限放大，一直延伸到走廊。

这时，门外传来了一阵脚步声。

那脚步声并不匆忙，也没什么踌躇。不急不缓，又像是伴着一丝丝紧张，径直地朝教室这边靠近。

脚步声停了下来。我朝走廊看去，果然是她。

不知为什么，她扬起眉毛，似乎有些吃惊，随即天真地笑了。

“你在这儿呀，我的男朋友。你是神谷透，我没记错吧？”

她就是昨天放学后被我表白的日野真织。

“哦，是啊。”

我点点头，示意她没记错，而日野好像很有兴趣似的盯着我看。

眼前这位女生没有丝毫拘谨，对比之下，我却设想了种种情况，还做了心理准备。我这么感慨之时，日野走进了教室。

“打扰啦。”

她大大咧咧地向我走来，侧身坐在我前面的座位上，一头黑色长发在我眼前摇曳。接着，她将椅子调转方向，面对我坐了下来。当我们四目相对时，她对我开心地笑了。

我正绞尽脑汁地想说点什么，日野抢先开口了。

“神谷同学，你没参加什么社团活动吗？”

“嗯？哦，算是吧。日野，你呢？”

日野把手肘放在桌子上，将下巴抵在手心里，仍笑着看我。我第一次见到有人这样开心地托着腮帮。

“我也没参加，也是‘归宅部’的一员。这下我放心了，之前没问你，还担心会不会耽误你的社团活动。”

在我日常生活的风景中，很少有笑容。每天，我都在学校、家和超市之间来回奔波。父亲和我一样，都不怎么爱笑。可眼前这位女生有别于我们，她的表情十分活泼生动。

她不再托着腮帮，继续说道：“对啦，我之前只说了放学后再说话，忘记定个见面的地方了，还好你在教室等我。既然我们要交往了，我还有些事情想再问问你。”

“嗯。关于这件事，其实……”

我一时语塞，不知所措，更不敢看日野，只得从眼角用余光瞥去，发现日野的表情微微有些不自然。

“啊，你不愿意了？毕竟我提了一些奇怪的条件，这也不能怪你。虽然有点遗憾，但算啦。抱歉，让你陪我胡闹了。”

“没有，不是。不是的。”

我还在纠结个不停：是不是应该对她和盘托出，让她忘了表白这件事？

“第二节课课间休息的时候，绵矢来找过我。”我为了掩饰内心的矛盾，说出这句话。

日野回应道：“嗯，我听说了。啊，那天在走廊上，你找我的时候，小泉也在，于是我就把昨天发生的事情告诉她了，她好像对我们的事挺感兴趣的。不过这件事我只和小泉说了。抱歉，你不喜欢我把这些告诉别人吧？”

日野一脸歉意地低声说道。她的脸上写满了真诚，又带着一丝慌张。

“没关系，告诉好朋友很正常。你们关系很好吧？”

“啊，嗯。你别看小泉那样，其实她的性格有点与众不同啦。有的时候出奇地冷静，转眼又会说一些让人摸不着头脑的话，我觉得这就是她有趣的地方。而且她人很不错，所以我有事就会忍不住和她说。”

刚才日野也提过这个名字，原来绵矢的名字是泉啊。我心里这样想着，嘴上说道：

“你说的这些我大概能理解。对了，昨天向你表白的事，其实……”

我下定决心，把事情的来龙去脉全部说了出来。本以为日野听了会很生气，不想她并没有特别惊讶，还笑了起来。

“什么嘛，是这么回事啊。其实我也想过，会不会是你玩惩罚游戏玩输了，原来是为了保护班上被欺负的同学。你好酷啊。”

“没有，小事而已。我觉得他人挺好，愿意和我这样的人做朋友。我不想看见他总是低着头不开心的样子。而且，我这位朋友马上就要转学了。”

“是吗，要转学了啊。挺可惜的。”

我略微整理了心情，继续说道：“嗯。我……我也说不清，当时为什么脑子一发热就答应你了。我是真的不知道。”

听见我说的话，日野直直地盯着我看。

“透同学，你不愿意和我交往吗？”

除了父亲，已经太久没有人这样叫过我了。真不可思议，她这样叫我，我觉得自己的名字都变得耀眼了。

“也不是……不愿意。”

我故意含糊其词，这下日野倒是被我逗笑了。

“这算什么回答啊。”

我不停地思考着答语，想笑一笑缓解这尴尬的气氛，却又实在笑不出来。

“也许这么说有点不合适，但我想了想觉得挺有意思的。我们的交往有三个条件，就已经和普通的恋爱不太一样了吧？和‘假扮情侣’有点类似。况且其中有一条是不要动真感情，如果日野不觉得别扭的话，我也不是不行。”

我酝酿半天，终于把这些话说了出来。这时，日野又在我书桌上托起腮帮。她嘴角扬起，依旧是笑眯眯的样子。

“那好啊，我没问题。啊，不过还是别对小泉说实话了，她肯定会担心我，对外我们要像真情侣一样好好交往。”

就这样，我们彼此许下了一个奇怪的约定。

这场附带条件的恋爱，就此拉开序幕。

3

傍晚，我在厨房里炖咖喱，入口处传来了开门声。没过一会儿，父亲出现了。

“我回来了。哇，好香啊。”

“星期三还是老样子，吃咖喱。哦，对了。爸爸，有件事要向你汇报一下，我谈恋爱了。”

“什么？”

我说得一板一眼，父亲像是不太相信，瞪圆了眼睛。

我们家有个规矩，最早是姐姐建议的——家里但凡有重要的事情，必须互相汇报。

“谈……谈恋爱了？女孩子啊？”

“总不能是男的吧？虽然我对同性恋没意见啦。”

“不是这意思，我是说，这事有点突然。”

父亲说完，穿着工作服坐在餐椅上。

父亲始终改不了这个习惯，无论说过他多少次，他总是不记得进门后应该先把工作服丢进洗衣机里。我念着父亲供养家庭实在不易，也就不好多说什么。

我怀着这样的心境看向父亲，发现他在自言自语，像是十分感慨。

“也是啊，透也该到这个年纪了。”

“我就是和你说一声，和以前应该没什么变化。”

决定正式交往后，我和日野随意聊了一些没什么意义的话题。

“那我就直接问咯？”

我点点头。日野见状，掏出手机，开始询问起来。我还以为她会写在本子上呢。

“你的生日是？”

“二月二十五日。”

“OK，二月二十五日。咦，你和雷诺阿同一天生日啊。”**（注：雷诺阿，一八四一年二月二十五日～一九一九年十二月三日，法国印象派画家。）**

“呃，我不知道。是这样吗？”

“是啊。我能问问家庭成员吗？”

“和父亲相依为命。”

“难怪啊。”

"你一脸恍然大悟的表情是怎么回事？"

"因为透同学的身上有种和年纪不符的老成。"

"这算老成吗？我也说不好。不过初三的时候，有一次我手上戴着橡皮筋来学校，就是从那个时候开始，他们给我取了个绰号，叫'老妈子'。"

"哇，这点不错。初三的时候，绰号是'老妈子'。"

"这也要记啊？"

"要的。血型呢？"

"AB 型。"

"啊……是有点像。"

"什么叫有点像啊。那日野你呢？"

"……AB 型。"

"啊，是有点像。"

"哎，感觉你在瞧不起我！"

"我可没有，还有别的问题吗？"

"敬仰的人是？"

"西川景子。"

"对不起，这是哪位？"

"狂热的纯文学作家。"

"你喜欢那个人的什么地方？"

"有卫生感的地方。"

"卫生感？怎么不是清洁感？"

"我觉得清洁感可以装出来，但卫生感是装不出来的。"

“透同学，你这人还真是有趣啊。”

不只这些，日野的问题一个接一个地向我抛来。爱好、喜欢的明星、电影、喜欢去哪儿、是爱狗派还是爱猫派、休息日做什么、喜欢的食物，等等。

我也时不时挑几个问题问她，她基本都会答我。她是爱狗派，喜欢公园，对甜食没有一点抵抗力。听上去和普通女生倒是没什么两样。

夕阳西挂，一转眼已经到了黄昏。日野若有所思，突然提议道：“那接下来我们做一些情侣间会做的事吧。”

日野说的情侣间会做的事，原来就是用手机拍两个人的合影。

落日余晖一片橙黄色，铺满了整间教室。日野开心地摆着剪刀手，我则有些害羞，表情有些怪异。就这样，我们拍下了令人发笑的照片。

我告诉日野自己用的还是翻盖机，双方交换了联系方式。然后，日野发来了刚刚的照片，问我要不要把这张照片设定成手机的锁屏壁纸，我赶忙拒绝了。

我们都是坐电车上下学，于是结伴往车站走去。

夕阳下，日野兴奋地追着自己的影子奔跑。

我们回家的电车是同一个方向，从离学校最近的车站上车，我坐三站到家，日野坐四站。我们约好以后尽可能一起放学回家。

电车里的人还不多，我们并排坐在座位上聊天。这时，我心中产生了一种奇怪的感觉，仿佛有只小虫在来回爬动。

晚饭时我和父亲聊了聊，把我和日野的事简单地说了一下。至于假扮情侣一事，因为答应了日野要保密，所以就没向父亲提及。

父亲吃光了咖喱，闭起眼睛。“哎——”他发出感叹，让人不知所以。没一会儿，他又突然起身，径直走向自己的房间。

我们家不大，不过还是能挤出一点点空间安放一个简单朴素的佛龛，算是对亲人的一份念想。父亲坐下来，向已故的母亲汇报——

“透交了女朋友，可他完全不提这个女孩的事。我有点担心，不过还是为他开心。”

“爸爸，拜托你了，能不能别什么都和妈妈说。”

“这可不是普通事。透交到女朋友，这是好事啊，应该告诉你妈妈。再说了，要是早苗也在的话，她肯定也……”

明明是自己说出口的，但一提到姐姐，父亲就变得有些不知所措。也许是觉得内疚吧，他虽然嘴上不说，可心里也曾怀疑女儿是不是嫌弃自己没出息才离家出走的。

“好了，别说傻话了，偶尔也帮我收拾一下碗筷吧。”

“啊？哦，对啊对啊。好，走吧。”

吃完晚饭后，我们总是各做各的。收拾完碗筷，我把衣服一件件叠好，又将校服和手帕熨烫平整。父亲从浴室里出来，趁着泡澡水还没凉，我也进去接着泡澡。

姐姐并不是厌烦父亲才离家出走。在我们家，亲人间总是无话不谈，可唯独有一件事姐姐没有告诉父亲，这才是姐姐出走的原因。

全身洗干净之后，我蜷缩在小小的浴缸里。连脚都不能伸直，我却乐在其中，安心地泡着。

今天发生了许多事，明天亦会如此吗？

我曾坚定地以为，我这辈子都干不出什么一鸣惊人的事。可就在昨天，面对日野提出的想法，我说了“好”。真是一万个没想到，我会做出这样的事，把自己都吓了一跳。

我也有女朋友了——如果我把这件事告诉姐姐，她会有什么反应呢？

不知怎么的，我心里冒出了这样的想法。我苦笑了一下，慢慢走出浴室，擦干全身，穿上短裤。一抬头，就望见镜中的自己。

镜子里，有一个瘦削的，看上去有些神经质的人。

4

即使有了女朋友，我的生活也依然如常，并未发生什么戏剧性的变化。第二天，我一如往常地去学校上课。

可不知从什么时候起，在电车里、上学路上、教学楼的入口处，我有意又无意地寻找起日野和绵矢的身影。我的生活里多了一些人，这样的感觉略带新鲜。

我坐在教室里和下川说话，听说他下周末就要搬走了。我和下川交情不算太深，可一想到下周末他就要走了，心中多少有些落寞。明明这种“离开”，在我过往的人生里也不算是第一次。

“你能不能帮我拿个主意啊？”

下川总能找到源源不断的问题和话题和我聊天。他今天的烦恼倒是一改往常，和自己的赘肉有关。

“我是不是再瘦一点会比较好啊？”

这已经是他第三次问我了，我像前两次那样否定了。

“不，下川，你仔细想想，贫苦的人们可是连拥有赘肉的权利都没有。”

“可是美国人觉得，那些没有自我管理能力的人才会变成胖子。”

“美国人眼里的胖和我们日本人以为的胖不一定一样啊。说不定在他们看来，你根本不算胖。”

听我这么一说，下川低头打量起自己的肚子。

“如果你真的觉得还是瘦一点好，那我也会支持你，不过你千万要量力而行。”

“嗯……”

“你知道吗，有些台词说得好，人就是要胖点才像话。”

“例如哪些台词？”

“美味的牛排啊，因着对你的思念，一公斤很容易就消化了。再来一份。”

“噢！野性。”

“你何胖之有？亲爱的，在我看来你是位苗条的淑女。”

“野性而绅士。”

“我不说从摇篮到坟墓，我只说从张嘴吃饭到闭嘴空盘，我要向你起誓，每一道美食都会被我消灭在口唇之中。”

“嗯，这句帅得有点莫名其妙。我懂了，胖没关系，胖得有野性就行。”

这绝不是在拿下川寻开心。为了防止他又胡思乱想，我得努力说点有意思的话让他不那么消沉。

这之后，下川的神情正经了一点。他想了一堆以胖为美的俏皮话，却发现自己几乎没有和女生有过交流。因此午休时，面对可口又营养的便当，他迟迟不肯动筷子，只是望着天。

“神谷同学，我从你身上学到很多东西，但说到底，如果我不采取行动，那就没有任何意义。”

“咦？为什么突然这么说？”

我正要打开便当盒，就听见下川说了这么一句话。难不成是我今早说的话惹他不高兴了？我有些不安，下川倒是一脸平静。

“不是突然。可能是因为要转学了吧，我一下子想明白了很多事。你总是鼓励我，我觉得你说得很对。只有自己行动了，才能和女孩子搞好关系。”

他的言语中像是有几分不甘，但又带着几分释然。

我见状，松了一口气。

“希望在新学校，你能和班上的女生好好相处。在新的环境，正好有机会改变自己。”

“要是真有女生愿意和我一起玩，到时候我会介绍给你的。不过，日野同学会不会生气啊？”

下川并不知道，我和日野是一对假扮的情侣。

他自顾自地说个不停，完全乐在其中，我只好不置可否地笑了笑。

放学后，与昨天一样，我在教室里等待日野。

下川挥手和我说了一句“明天见”便走出教室。那动作再普通不过，于是我回了一句“明天见”，随手翻阅起杂志。这时，我猛然想起下川的身边没人陪着。我担心他又被骚扰，迅速合上书，飞一样地往鞋柜那里冲。我打开鞋柜，里面只有学校里穿的室内鞋，下川自己的鞋子已经不见了。

看样子，他应该没有被带到厕所之类的地方，已经离开学校了。

我仍有些不放心，换上鞋子跑出教学楼。当看见下川不慌不忙地朝校门口走去，没有人和他勾肩搭背把他带去别的地方时，我才放宽了心。

就在我还站在教学楼前张望的时候，背后突然有人叫住了我。

“你跑什么啊？”

这声音我再熟悉不过了。一回头，果然是他，那个带头骚扰下川的主犯，也是让我向日野告白的人。

“你就那么担心那个死胖子啊。”

“担心朋友有什么奇怪的。”

我有些不爽，语气自然没那么客气。谁知那家伙扑哧一声笑了。

“朋友，是吧？”

从他嘴里我才得知，今天午休时班主任和学生指导老师找到他，让他收敛些，不要再找下川的麻烦。

“下川那家伙，在我们要钱的时候偷偷录音了。”

“录音？下川吗？”

“对，不是第二次就是第三次的时候吧。”

他仿佛在说别人的事，言语中充满了冷淡。

“我真是做梦也没想到啊，那个闷葫芦看着胆小，竟然还会告状，真够逗的。教导主任问他，你都要转学了，怎么才来报告？你知道那家伙说什么吗？他说自己其实无所谓，就怕自己走了以后，我们会找你或者其他人要钱。这么一想，才下定决心向老师汇报。”

原来，昨天下川的母亲来学校处理完转学手续后，下川一个人去找了班主任和教导主任。

我震惊于下川的深思熟虑，一句话也说不出来。

“你们做那些事的时候就应该想到会有这么一天。那你回答我，为什么，为什么要那么做？难道不是你努力考进这所学校的吗？”

我一说完，眼前的家伙就笑了，笑容里有一些苦涩。

“为什么呢……我不知道。以前我一直觉得自己还算一块学习的料，可不知从什么时候开始，好像一切都无所谓了，翘课变成了家常便饭。之前常和我混在一起的那群人，我当他们是哥们儿，结果他们说翻脸就翻脸，说一切都是我逼他们做的。我们搞了点钱，他们害怕事情闹大，叫我在下川的父母和警察出面之前先去道歉。下川都说无所谓了，他们却非让我把钱还给他。”

那家伙又在我面前笑起来，“哎哎”地喃喃自语着。

“神谷啊，你能告诉我吗，为什么我的人生变得这么没劲啊？”

我盯着眼前的男生，不知如何作答。

他无奈地笑了笑，向校门走去。他会跑去找下川吗？会不会破罐子破摔发泄到下川身上？但我转念一想，他还不至于这么愚蠢。

我不免感慨，曾几何时，他也曾满怀希望为梦想付出过努力。现在，他在人生这条路上，不过是稍微走偏了……

回到教室时，里面已经没人了。当然，下川也不在。

我在自己的位置上坐下，从书包里拿出平时基本不用的手机，想给下川打一通电话。我把手放在通话键旁，最终还是没能按下去。

下川也有自己的考量。我想，除非是他主动提及，我就暂且装作不知情吧。

我翻开杂志，胡乱翻阅着。和昨天一样，日野又突然地出现在我面前。

“呀，在这儿呢，我的男朋友。”

眼前这副面孔于我还有一些陌生，不过很奇妙地，这让我松了一口气。每当她出现在我眼前时，都让我觉得不可思议，原来这世上还有一位愿意找我说话的女孩。

我苦笑道：“你想我怎么回复你？”

日野若有所思，想了一会儿说道：“那就‘哟，my honey’？”

“国外的电影都不会这么叫了。”

“嗯嗯，男朋友不喜欢‘my honey’这个叫法。”

“这也要记啊？”

日野拿出手机，连这样的细节都不肯放过。这时，从她身后传来一个熟悉的声音。

“我真是服了你们，在瞎聊什么呢，也太无聊了吧？”

绵矢探出头来，满脸写着“我快被你们腻歪死了”的表情。我虽然不是第一次见眼前的两位女生，但像这样三个人一起说话还是头一次。

“今天绵矢也来了啊。”

“对啊，我有点好奇你们俩嘛。”

绵矢这么说着，跨进教室，慢慢朝我的书桌走来。日野紧随其后，还直勾勾地盯着我看。

“怎么了？”

“嗯？啊，哦。没事没事，没什么。哈哈哈哈哈。”

“神谷啊，两位大美女赏脸来找你，你这反应是不是太平淡了啊，就不能再开心点吗？”

我昨天和绵矢聊完之后就发现了，她虽然看着有些难以相处，但性格不做作。

“绵矢，你没听说过‘美女三天看腻，丑女三天看惯’这句话吗？”我根本不惧，若无其事地回答她。

绵矢没想到我会这样回答，扬了扬嘴角，“噢哟”地感叹了一声。

“那你的意思是，你也会看腻咯？不过，从我们开始说上话的那天算起，还没到三天吧？昨天，你和真织不也是第一次正经聊天吗？”绵矢又把话题抛了回来。

日野轻快地回应道：“没错啊，昨天我们聊了一些彼此的事。”

“是吗，比如什么事？”

估计日野察觉到我是单亲家庭，就把家庭成员之外的其他事告诉了绵矢。我这才知道，原来绵矢也是AB型血。

“哎呀，这下好了，三个大怪人齐聚一堂啊。”绵矢有些高兴。

“但是小泉，不是有句话叫‘三个臭皮匠，赛过诸葛亮’吗？”

“我们这样的大麻烦，估计诸葛亮见到都得无奈地摇摇头吧？”

二人你一言我一语，交谈中充满了亲密感。日野说什么都是热情高涨，对比之下，绵矢有些冷淡。

“还有，透同学说他喜欢西川景子这个作家。”

绵矢听了，一脸震惊。

“西川景子？又这么别具一格？对了，我刚才就想问了，你手上那本杂志是《文艺界》吧？怎么，原来神谷是个文学少年啊！”

《文艺界》是日本的纯文学杂志之一，著名的芥河文学奖就是从这本杂志刊登的新人作品里挑选评奖作品的。

当然，我喜欢的西川景子也在这本杂志里连载作品。不过，我怎么也没想到，学校里竟然有其他人知道这本杂志，还知道西川景子。

“没有，我不是什么文学少年。倒是绵矢，你怎么会知道西川景子和这本杂志？”

我几乎不问父亲要零花钱，每个月精打细算，把操持家务省下的闲钱用来买杂志和书，这已经成了我的乐趣。父亲也读这本杂志，就给了我一半的书钱。

这一边，绵矢一脸淡定地回答道：“哦，我最喜欢纯文学了。像法国电影啦，日本电影啦，我经常看啊。最近也喜欢俄罗斯电影，就是那种大部分人都比较无感，但个人色彩很浓烈，又有一些阴郁的电影。”

我没想到同龄人中有人会有这种喜好，有些不敢相信。

另一边，日野又用手机记录下这一切。

“日野，千万别把我写成什么文学少年。”

“不是吗？我懂了。那我就写，这是一位讨厌被称为文学少年的文学少年。”

“你这么一说，我都觉得自己矫情了。”

我们决定三个人一起聚一聚，打发放学后的时间。离开学校朝车站走去的途中，我和绵矢仍然说着喜欢的书和作家。正当我们并肩交谈时，身后传来拍照声，我不由自主地回头看。

“日野，拍我做什么？”

日野正在用手机拍下我和绵矢的背影。在我的追问之下，她并不说话，表情就像恶作剧之后被发现的小学生。

“神谷，你到底懂不懂女人心啊？拍恋人的照片要什么理由？”

我差点忘了，绵矢并不知道我和日野是一对假扮的情侣。

“你说得对，可能我还没习惯。”

“赶紧在三天之内给我习惯。”

“你这是为难我，毕竟我连和两个大美人说话都还不太习惯呢。”

“你刚才明明说习惯了！”

“这不是还没到三天嘛。

我们回到刚刚在教室里的话题，彼此打趣着。

这时，日野突然提议道：“不然这样，为了加深我们之间的感情，顺便让你早点习惯，我们三个人找个地方喝杯茶吧？”

“喝茶？我都可以啊。”

她们开始商量去哪里，可是我的手头并不宽裕，听见她们提到几家家庭餐厅和咖啡店，一时间有些难以启齿。

“好啦。是我硬要跟过来，占用了你们俩的时间，今天就让我来请客吧。虽然学校不允许，但我有在偷偷打工，这点钱还是拿得出来的。”

“绵矢，我觉得这样不太好。”

“没事，没事。”

我和绵矢谁也不能说服谁，一旁的日野则陷入沉思中。

“啊，我有一个好主意，正好时间还早。”

我和绵矢同时朝日野望去，很快被日野大胆的发言弄了个措手不及。

“我们干脆去透同学的家玩吧？这样不是连钱都能省了？”

“什么？”

如同傻子一样发出声音的人，当然是我。

5

“打扰啦。”

我纠结了半天，最后想着既然不用和日野独处倒也没什么，就同意她们一起来我家了。只是，我家位于一个毫不起眼的住宅区里，并不太适合待客。

“哇，透同学的家这么整洁啊。”

日野丝毫不在意，好奇地环视着室内，问我可否拍几张照片。

“啊，好吧，你拍吧。”

自从姐姐离家后，这个家再也没有女性光顾过。熟视无睹的房间曾经就像褪了色的画片一样，沉闷而黯淡，现在却让我隐约觉得，有什么东西在这看惯了的风景里重新绽放了。

只是，眼前发生的事又如此不真实，我万万没想到事情会发展成这样。

我请她们在餐桌边的椅子上坐下，又去厨房烧开水，准备沏些红茶招待他们。因为我平时一周有三天会喝红茶，所以沏起来早已得心应手。日野和绵矢就与平日见到的女生一样，在叽叽喳喳地聊天。

“话说回来，你们家收拾得真不错。你刚刚说这个点你们家没人，不过我猜你妈妈一定很爱干净吧，才会把家里收拾得这么井井有条。”

“绵矢，我还没告诉你吧，我们家就只有我和我爸。打扫卫生有点类似于我的爱好，所以这个家还算干净吧。”

我计算着煮水的时间，回答了绵矢的猜测。日野则接着我的话继续说道：

“那是，我的男朋友很重视卫生感的。”

绵矢没太深究我们家是单亲的事，只是问日野：“卫生感？为什么不是清洁感？”

“NONO，和清洁感不一样，卫生感是装不出来的。你仔细看看透同学的衬衫，没觉得领口和袖口都看不到一点污渍吗？还有啊，他的手帕也都要每天洗了之后再熨烫平整。越是这种容易忽略的地方越不疏漏，这就叫卫生感哦。”

不知是佩服，还是无言以对，绵矢“嚯”了一声。

“要不是真的和你聊过天，谁能想到你这人这么怪。”

“你没资格说我吧？好了，我给你们上茶了。”

茶杯被我提前倒了热水保温，红茶沏好以后，我将热水倒去，从陶器制的茶壶里倒出刚泡好的伯爵夫人茶。

佛手柑特有的柑橘系清爽果香霎时间飘满了整个厨房。

“请喝杯粗茶。”

“哎呀，神谷，这又不是绿茶。”

“啊，对哦，上红茶的时候不会这么说。”

我将两杯红茶端上桌，又拿出一些特价饼干，放在白色盘子上，和自己的杯子一起端过去。

我舍不得抹去姐姐生活过的痕迹，家里还保留着三张椅子。我也在餐桌旁坐下，饮了一口茶。

加了佛手柑和柠檬的茶特别适口，心情也跟着沉静下来。

“哇，好好喝。透同学，你的红茶泡得真好，好香啊。”

坐在我对面的日野喝了一口茶，有些出乎意料地惊叹道。

“……真的。这是什么啊？哪里的茶叶？”

红茶似乎也合绵矢的口味，我总算松了一口气。

之前我让下川尝过，他也很满意，这才有了几分自信。只是，在听到感想前，我难免有些紧张。

“超市里的便宜货。伯爵夫人茶虽然价格不高但味道很出色。不过，‘跳跃’这一步我不太擅长，就给自己打个七十七分吧。你们别客气，厨房里还有。”**（注：“跳跃”一般指泡红茶加水时，茶叶慢慢漂浮后下沉的现象。跳跃现象充分才能泡出好茶味。）**

确认味道没有问题后，我去厨房取来装满红茶的茶壶，套上茶壶套，放在餐桌上。针线活也是姐姐教的，做个茶壶套对我来说不算是难事。

我拿起素净的白色杯子，又喝上一口，一抬头就与她们的视线对上了。

“怎么了？”

“神谷，我现在突然觉得，你就像一个没落的贵族，有些地方特别高雅。”

“别说我没落行不行？还有日野，你怎么什么都记啊？”

三个人就这样有的没的一直聊着，茶壶和盘子很快就见底了。

喝完茶，二人似乎又对我家产生了兴趣。当然，我家不过是再普通不过的两室一厅。父亲的房间不方便给他们看，于是我就带她们转了一下客厅和我的房间。

绵矢似乎对书很感兴趣，兴奋地打量着我房间的书架。至于日野，自然是在不停地拍拍拍。算了，无所谓了。

“对了日野，你为什么这么喜欢拍照啊？这样的房间，有什么可拍的？”

“你不懂。这是我第一次进男生的房间，我觉得很好玩啊。”

我正和日野说着话，绵矢像个不知从哪里跑来的老大叔，开口问我道：“哦哟哟，神谷先生啊，您可真有品位哟。这么稀有的古书您都有。这些书拿到二手书店卖，估计价格不菲哟。您从哪儿淘来的？”

“你说的那些都是我爸从二手书店搜罗来的。不过他买回来之后就随处乱扔，一般都是我整理好，放在客厅或者我房间的书架上。”

二人同时发出了十分佩服的声音。

“透同学，你真的是滴水不漏啊。家里这么多书，房间却能一尘不染。”

“是啊，卫生感是很重要的。”

“又来了又来了，卫生感。”

“绵矢，你能不能别看不起我？”

随后，她们又对熨斗产生了兴趣，吵着要我做个示范。于是我拿出洗好的衣服，把贴身衣物偷偷藏起来，只把手帕和衬衫拿出来熨烫了。

绵矢又是一顿吃惊，大呼我太厉害了，日野则开心地录着视频。

临近傍晚，我准备送二人去最近的车站。我想着要出门，不如顺便买些晚饭要用的食材，就顺手拿起促销送的环保袋揣在身上。

“你……你这个没落贵族，环保袋倒是很衬你！你这个高中生，怎么回事？”

绵矢忍着笑。那傻傻的样子，被日野从正面拍个正着。

这样的一天，太超出我的日常，我总觉得很不现实。

晚上，我准备好晚饭，在饭桌打开书准备预习功课。这时，传来了门开的声音。

父亲回来得有些晚。我正想着去迎接时，就见醉得面颊通红的父亲走进屋内。他明明喝不了多少酒，不知道这次又跑哪里喝大了。

“爸爸，要是出去喝酒了，得和我打声招呼啊。”

“抱歉抱歉，你有女朋友了嘛，我一高兴就没忍住。”

我告诉父亲，我的这位女朋友今天带朋友来家里做客了，父亲听后瞪大了眼睛。

“你真让她们进我们家啦？”

“又没进你的房间，应该没问题吧？”

“当然了。不过，房间里好像香香的？”

“拜托了爸爸，在外面可千万别说这种不正经的话。”

我一边叹气，一边走向厨房，加热饭菜，准备自己的晚饭。父亲坐在餐椅子上，目不转睛地盯着我。

“干吗？”

“我只是觉得，你不声不响就长大了。”

我什么都没说，从冰箱里拿出做好的炖菜。父亲见状，又要喝酒，不顾我的阻拦，在家里开始了第二轮饮酒会。晚饭的小菜也被他当作下酒菜，还没喝完一半，他就倒下了。

“真是的，澡都没洗。”

无奈之下，我只得叫醒父亲，嘱咐他用热毛巾擦一擦身子。其间，我跑去他的房间，帮他铺好被子。从前他喝醉时，经常在客厅的沙发上倒头就睡，第二天醒来后嚷嚷着全身都痛。

在我仍弯着腰整理被子时，父亲晃晃悠悠地进来了。

“没事吧？你酒量又不行，别喝那么多了。好了，快换衣服吧。”

“没事没事。早苗，别担心，我好得很呢。”

我一时间有些窘迫，整个人都僵住了。父亲自然没有注意到我，换上睡衣躺在铺好的被子上，很快就睡着了。

我拉上房间的门，从缝隙中瞥了父亲一眼。

父亲一定是喝太多，把我错认成姐姐了。

6

“其实我们俩挺像的，家里状况差不多，你就放心来吧。”

绵矢家正好在我能使用电车月票的区域内。第二天放学后，我应邀到她家做客。

白天学校风平浪静，下川也优哉游哉的，心情很是不错。而之前带头欺负下川的那家伙被小团体的其他人孤立了，好像在看招工的杂志，我想了想，最终没有上前搭话。

放学后，我与日野还有绵矢会合，三个人结伴前往绵矢家。绵矢也坐电车上学，比我和日野离学校更近些，我们只坐两站就下车了。她住的是租赁公寓，入口会自动上锁。

我看着充满高级感的自动锁，一不小心看入了神。日野又掏出手机，笑眯眯地看着我。

“日野，你又要拍啊？”

“因为我想把男朋友吃惊的样子用视频录下来啊。”

“手机的空间有限，我那么傻，拍我多浪费啊。”

“没事没事。”

“你们俩别卿卿我我了，赶紧进来吧。”

听见绵矢在前面催促我们，我和日野赶紧往电梯走。

这间房子只有绵矢和母亲两个人住。绵矢的母亲好像是书籍一类的装帧设计师，晚上在家工作，白天会有一些别的事情常常需要出门。就像为母亲打工一样，绵矢时常协助母亲寻找资料、制作文件、管理收据等。出于某些原因，绵矢的父亲暂时不在这里居住。

我一个大男人跑到只有女人居住的家里做客，不免有些紧张。

“你们先坐吧。”

一进屋子，最先看到的就是视野宽阔的客厅，比我们家大了许多。到底是设计师的家，所见之处都装饰着画，每一件家具和小饰品都很讲究。

这里是十层建筑的最顶层。天高云淡，视野自然很开阔。我随意地向外望去，看见晾晒的衣物……

“抱歉，绵矢。我刚才好像不小心看到了什么。”

“嗯？啊，那个，没关系没关系，我不介意啦。抱歉，神谷是不是很介意啊？”

虽然刚刚发生的一幕略有些尴尬，但这会我和日野面对面坐在客厅里，等待绵矢的红茶。无意间，我发现日野的视线今天也不停地围着我转。

“怎么了，日野？”

“没落贵族。”

“拜托你忘了这件事吧。”

“抱歉抱歉，不过这个词用来形容你，真的太贴切了。”

我猜这是日野式的夸奖，可就是高兴不起来。也许是我的心情都写在了脸上，日野连忙对我说：“别这副表情啊，笑一笑嘛。”

“没啦，我不是故意作出这副表情的。”

虽然这么说着，但我的表情一定别扭极了。眼前的日野则完全和我相反，总是笑脸迎人。

“日野总在笑啊。”一不留神，这句话脱口而出。

日野扬了扬眉，回答道：“啊，嗯。其实，我也不是总在笑啦。能笑的时候当然要多笑点。你想啊，等你遇到笑不出来的事情的时候，那是真的怎么做都笑不出来……”

我没想到会得到这样的回答，不由自主地凝视日野。

察觉到我意外的目光后，日野立刻辩解道："啊，不不不。不是我的亲身体验，我就是漫画看多了。"

"是吗？"我有些吃惊，盯着日野看。

她假笑着点了点头，附和道："对对。"

"哦，那就好。不过……"

绵矢并不知道内情。为了不让她听见，我把身体靠近日野，压低了声音。

"虽然我们是假扮的情侣，但如果你真有什么烦心事，可以告诉我啊。"

"啊？哦……好的。"

我近距离望见了日野惊讶的表情。

这时，绵矢说着"久等了久等了"，捧着托盘走过来。

"你们俩能不能别在我看得见的地方秀恩爱啊？"

听到绵矢的话，日野像往常一样开了一个玩笑。

"可是，如果我们不头靠头地说，悄悄话不就被你听见了？"

"哇，谈了恋爱就是不一样啊，连说话都酸溜溜的。"

绵矢放下装着红茶的托盘，开始挠日野痒痒。日野赶紧伸手去挡，还是被绵矢挠得连连求饶。

我望着她们，不禁又回想起日野刚才所说的话。

"你想啊，等你遇到笑不出来的事情的时候，那是真的怎么做都笑不出来……"

日野说这是漫画里的事，可我分明觉得她的话语里充满了真实感，是我多想了吗？

我想着这些，再次望向与绵矢嬉闹的日野。

人心不可窥探，不可预测。日野还是那么无忧无虑、开心地笑着。

7

日子就这样悄无声息地流逝了。自我和日野成为恋人以来，已经过了一个多星期。变了的只有放学后的时光，而我的日常生活一如往常。

然而……真的只是这样吗？

最近，当我回过神来时，脑子里想的全是日野。我想她笑嘻嘻托着腮帮的模样，想她一头美丽的长发，连发梢都充满活力，在夕阳的辉映下，能瞬间泛起光泽。

我被日野的容貌吸引了吗？还是因为从小到大很少接触女性，所以才胡思乱想？

隐隐之中，我觉得事实并非如此。

不知为何，我很在意那句话。总是展露笑容的日野，难道对我隐瞒了什么吗？如果可以，我也想为她出一分力。

“神谷同学，你最近怎么有点心不在焉？”

午休时间，我和下川闲聊。听他这么一说，我才意识到这份纠结已经猛地夺去我的心神了。

“是吗？应该没有吧。”

我应付地笑了笑，见状，下川像是放心了。

“对了，之前我们也聊过，去国外之后估计很难买到日语书，于是我趁现在买了好多放着。”

虽然我对话题的转变有点疑惑，但还是想起了这件事。

“哦，你是说过。怎么样，找到什么有趣的书了吗？”

“嗯，很多啊，我觉得最好的还是格言集。虽然很多在网上也能查到，但是拿着纸质书才有真实感，和我这肥肉一样，有东西傍身。”

下川说完，拍了拍自己的肚子。他是为了逗我开心，才故意这么说的吧？想到他的良苦用心，我就顺着他笑出了声。

“你干脆当行走的大格言家吧。”

“谁都能走这条道，可要长期走下去，总伴随着困难。”

“没听过，这是谁的格言？”

“是大饭桶下川的格言。生平我就不介绍了，反正没干过什么大事。”

被下川逗乐，我完全放松下来，不再胡思乱想。我一本正经地告诉他，聪明的男人在国外很受欢迎，下川听说后高兴极了。

“神谷同学，我这里还有一句格言，你听说过吗？世界上有两样东西藏不住，一个是咳嗽，还有一个……是什么来着？”

“啊？”

我有些愣住了。我读过家里的格言集，下川说的那句收录在与“情爱”有关的条目里。

世界上有两样东西藏不住：咳嗽与爱。**（注：古罗马哲学家、诗人奥维德的名言。）**

“哦，你说的是喷嚏和咳嗽吧？”

对着装傻充愣的我，下川同学笑着说：“答对了。”

就这样，在学校里我和下川彼此打趣来打发时间，放学后则和日野一起度过。

我不爱发信息，又不怎么会组织语言，因此很少主动联系日野。为此，我向她道歉，她却让我别放在心上，并说道："毕竟要遵守第二个条件嘛。"

一放学，我们就会在教室里聊上许久。

"你每天都自己做饭吗？那肯定比我做得好。"

"不知道算不算好，就还行吧。"

"'还行吧'，男朋友的口头禅。"

"又在用手机做笔记了？还有，那不是我的口头禅。"

自从上次去绵矢家做客后，我和日野聊的都是些琐碎而无聊的事。我犹豫着要不要提起那件事，最后还是没能开口。

我们是一对恋人，但我们又不是。

以不真心喜欢上对方作为条件——当初，我对此没有提出任何异议。真要说起来，是我把日野拖下水的。虽然不知道日野内心真正的想法，可我对假扮情侣没有任何不满。然而，我究竟是假戏真做了呢，还是根本不存在这样的事实？在与日野的交往中，我发现自己在慢慢改变，这样的事实让我感到困惑。

这是我和日野约定放学后一起度过的第二个星期五。

明天是星期六，周末休息。

"日野，说到周末，现在已经是六月了，不如我们找个地方，一起出去玩一玩？"

"真的呢。回过神来，这都六月啦。"说着，日野表情一沉，眉眼闪过一丝忧郁，但转眼又恢复了往常的笑容，“抱歉抱歉，在说周末的事，对吧？对了，那你呢？这个周末，你有什么安排吗？”

“哦，星期天有个叫下川的朋友要搬家了，我打算去送送他。”

很早之前，我就和日野提过下川的事。我本打算介绍他们二人认识，可惜被下川拒绝了。问其理由，他解释说朋友变多，离别只会更加痛苦。

“你要好好珍惜和日野同学在一起的时间。之前你把时间都分给我，我已经很满足啦。”

下川温和地微笑着。我已经把他当作我为数不多的重要朋友。他只是转学去国外，不是生离死别。想要联系，方法多得是。即使不能谋面，我们也一定是最好的朋友。

虽然与下川的离别使我感到有些寂寞，但现在还是将注意力放在日野身上吧。

“星期六的话，我一整天都有空。怎么说，找个地方聚一下吗？”

也许是没料到我会这么说，日野“哇”了一声。

“那……这不就是约会吗？”

“嗯，是啊。如果你不愿意，就当我没说。我只是觉得，这是个难得的周末，而且上个星期六你不是有事吗？”

“啊，嗯。上周我去了一趟医院。不用担心，没什么大事。”

日野的眼神有些闪躲。换作以前，我可能并不会察觉。

“约会啊，听上去很有意思，那就拜托你啦。可是我下午才有空，可以吗？”

我还在想刚刚日野的反应，回起话来就慢了一些。

“嗯？哦，没关系。这么说来，你在周末的早上也有固定的事情要做吗？你定的第一个条件也是，在学校，我们只有放学以后才能说话。”

我越发在意起这些细节，只是每每问起，日野都不愿意正面回答。

“女孩子有很多隐私啦。话说，你想好我们去哪儿吗？你平时都是在家里看看书，做做家务活度过周末的吧？”

听到日野的话，连我自己都觉得这样的假日生活实在无趣。

“嗯，基本上是吧。”

“还有，最好是不用花太多钱的地方。”

“很惭愧，不过确实是这样。”

我有些不好意思地低下头。

日野连声说道：“你别放在心上。不然这样，我们找个公园聚一下吧？如果你觉得可以的话，你来做便当，我请你吃点咖啡店的甜点之类的，这样你也不会觉得有什么负担了吧？”

无论是在经济上，还是在心理上，日野的提案都让我十分感激。

“好啊，那便当有什么要求吗？”

“我不挑食。小女，尽食也。啊，我想喝那天的红茶。”

“好好好，尽食也是吧？我以前就这么觉得了，你有时候说话挺有意思的。”

那一天，我们就这样你一句我一句地闲聊着，最后伴着落日余晖，离开了学校。

8

期待已久的星期六到了。

我一早就把家务活搞定，开始做便当。为了能与红茶相配，我再三思量后，决定做三明治。接下来，我将鸡肉裹上淀粉，用平底锅简单煎制，这样做的炸鸡会少许多油脂。除此之外，沙拉也不能少。最后，我又准备了一些喝红茶时适合吃的水果。

父亲从一大早就把自己关在房间里。我多泡了一壶茶，端了一杯分给他，发现他正在用我们家唯一的笔记本电脑敲字。

“又在写小说？”

“是啊，离《文艺界》新人奖的截稿日没剩多少时间了。哎哟，怎么这么香啊？”

父亲寻着香味回过头，我把盛有红茶的杯子递了过去。

写小说既是父亲的爱好，也是乐趣所在，甚至说他是为了小说而活也不为过。据说在我出生前，父亲就一直笔耕不辍，钟情翰墨，只可惜并没有获过什么奖。他一直梦想着成为小说家以谋得生计，连家庭都被放在了第二位，可我狠不下心来批评他。

“我要出去约会，今天白天不在家。冰箱里有我多做的三明治，中午你就将就着吃吧。”

“太好了，有我的饭，不过你去约会啊。好，等我一下。”

父亲起身找钱包，打开一看，顿时有些窘迫。随后，他又去衣柜里掏出一个信封，从中取出一张纸币。

“给，这是零花钱。我之前给了那么多次，你都不要。高中生要花钱的地方也不少，你每次只用生活费剩下的，那怎么够呢。”

“不用不用。我已经用伙食费买了红茶和我爱吃的零食，还有月票。而且你还给我买了手机，我已经很满足了。”

“月票有什么可说的，要不是我阻止你，你还打算骑车去上学呢。手机不也用的最低价的套餐吗？好了，这点钱你就拿着吧。”

我盯着父亲递来的一万日元钞票。

这薄薄的纸里潜藏着大大的能量，那是让人感到幸福的能量。

人品尝美食就会露出笑容，而将所爱之物与生活融合，就能收获小小的喜悦和日常的动力。

可是正因如此，我们才需要十分谨慎地使用它。

“那我就用一半吧。剩下的一半，今晚我们吃点好吃的，做你喜欢的寿喜烧怎么样？现在这个季节，虽然白菜不多，但是肉都还不错。”

“一半像什么话啊？不过算了，再这么争下去，你连一半都不要了。那就这么说定了，剩下的我们吃大餐。”

父亲如是说道，像在催促我赶紧收下一样，再次把钱递到我眼前。

“谢啦。那你就期待一下今晚吧。”

“你也是啊，玩得开心点。”

我接过钱，再次向父亲表示感谢。回到自己房间后，将钱塞进从初中就开始用的钱包里。

里里外外的事情一件件做完后，时间也差不多了，于是我把姐姐曾经最爱的野餐篮从橱柜里翻出来。这是一个用藤条编制的米黄色篮子，轻便结实。我用这个篮子装上便当和水壶。

虽然有些早，但我决定十一点就出门。从家步行十五分钟左右，有一个大型的综合公园。因为樱树成林，所以它也算是有些名气，一到春天就有很多人前来赏樱。我和日野约好，十二点在喷泉前碰面。

我本想骑车，却又不想吹风，于是徒步走来了。当我到公园时，比约定的时间早了至少三十分钟。此时，公园里只有几个人，我找了一张能望见喷泉的长椅坐下，随手拿出放在篮子里的文库本看了起来。

从小，每逢周末，我就爱在外面看书。也许我是一个奇怪的孩子吧，只要能看书就心满意足，就算被别人举家出游的欢声笑语包围，我也不会觉得孤独。

那是因为我相信，无论有多沉浸在书本的世界中，哪怕日头渐沉，黑暗降临，若我有一丝不安，抬起头时，总有人能找到我。

“就知道你在这里。”

在夹杂着几分紫色的深红天色中，有人披着暮色向我走来。

那就是我的姐姐……

“请问，是透同学吧？”

我闻声抬起头，只见表情有些紧张的日野出现在我眼前。我看了看公园的时钟，才发现时间已经过了三十分钟。

“啊，是我。”

“那就好。不好意思，之前都是穿校服，我怕认错人。”

“没事，不用道歉。倒是我，没注意到你来了。”

眼前的日野，打扮得不像是平日里的模样。她身穿质地柔软的绿色长裙，外面披了一件白色长衫。

这么说来，我还是第一次看见日野穿自己的衣服，目光停留在她的身上不愿离开。日野却对我手边的东西很感兴趣。

“这是便当吗？真棒啊，我还是第一次见这么像样的野餐篮。”

“这个吗？好像是我姐姐以前在什么义卖活动上淘回来的。”

“姐姐？啊，对不起，好像从来没听你提过？我记得你说过你是和父亲两个人住的……”

“嗯。虽然现在是两个人生活，但之前我姐姐也在。啊，不是去世了的意思……”

我正纠结着该怎么回答，日野像是察觉到我的难处，连忙大声说道:“是这样啊。那个，我肚子饿啦，在哪里吃便当比较好呢？抱歉，都是因为我早上有事耽误了，害你等了一上午。”

日野笑着看我，笑容明媚得让我睁不开眼。

光越是夺目，影子就越清晰，而人会被囚禁于那个影子中。一如失去家人的人看见幸福的家庭一样，曾经的伤痛再次发作了。

然而，日野散发的光，并未让我感到寂寞。

人世间的大部分悲剧，不过是发自于内心的哀愁罢了。

像被日野的笑容传染了一样，我微微一笑，站了起来。

没过多久，我们就融入公园周末的风景中了。

巧的是，草坪有棵大树下正好空着，既远离人群，又免于日晒，而远处一家家出游的人们都化作了公园的一景。我们在草坪上铺好垫子，一边看着远处的游人，一边摆好便当。当然，吃饭前，日野仍然不忘拍照。

“啊，太好吃了！透同学，你太厉害了吧，这么会烹饪。”

我们一边吃，一边聊，时间一眨眼就过去了。食材都是一些便宜货，能合日野的口味，让我放心不少。

“其实只是随便用了一点家里现成的东西，没什么稀奇的。”

“可是真的很好吃啊。透同学以后一定能成为一个好丈夫。”

“你也是啊，将来……啊，不好说哟？”

“干吗说到一半不说啊？”

我仰头望天，大口呼吸清新的空气，苦笑了。我就好像故事王国里的居民，因着难以言说的奇妙缘分与身旁的她结识，但我们并不是真的在交往。

即便如此，我依然庆幸，休息日里能有人陪伴在我左右。

我们又继续说了一些无关紧要的话，时而笑着打趣，互相夸赞对方，时而呆呆地欣赏着风景。慢慢地，我们陷入沉默。不过，我并不为这样的无言感到拘束。

“真不可思议啊。”日野喃喃自语道。

“怎么了？”

我望向日野。此刻，她的脸上写满了温柔。

“真的很不可思议啊，你不觉得吗？不急不躁，悠然又平静。即使不说话也不会尴尬无聊。就这样，两个人静静地看着时间堆积。”

在日野看不见的地方，我的心底产生一阵悸动。

一瞬间，我很幸福。我们之间的相知相遇不求如同一条长河，即便只是露水，也让我满怀感激。

我闭上眼。连通身体的五感也被一并放大，让我十分享受这样的感觉。

和煦的阳光，清新的草香。就连身旁人的气息，也近在咫尺。

一阵大风吹得我睁开眼睛，日野按了按长发。

短短一刻，话已经到了我的嘴边。

我终于发现，我的心，作不了假。

“我可以喜欢日野吗？”

风停了。我的心声脱口而出。

喜欢——原来如此，我恍然大悟。等到说出口，才有了真实之感。我对你……

许久，日野把脸转向我。

“不可以。”

日野说道。

“为什么？”

我问她。

日野低着头，眉目间有些迷茫。

“我啊……”

风又起了。日野的长发被一阵风吹散。

“我生病了，是一种叫顺行性遗忘症的病。晚上睡着以后，就会忘记这一天发生的所有事情。”

这句话像是被风吹跑了，花了好久才终于传到我的耳朵里。

步履不停的你我

1

手机的闹钟声响起，我开启了“今天”。

被远处的闹钟声叫醒时，我心中第一个疑问就是——

咦，为什么手机在响？

因为讨厌被闹钟叫醒，所以我习惯睡觉时不拉窗帘，靠晨光自然苏醒，可为什么手机还是设置了闹钟？

说来奇怪，手机原本应该放在枕边，现在却被放在了架子上，与床的方向正好相反。

我爬出被窝，赤脚走在木地板上。什么嘛，今天挺暖和啊。现在到底几点了？

我关掉闹钟，顺便确认了时间。虽然感觉有点不对劲，但时间的确是五点。

……为什么闹钟会在这个时间响？

昨晚我一直在学习，过了十二点才躺下，算起来才睡了不到五个小时。不可思议的是，我觉得自己睡了很久很久。

我暗暗抱怨一定是手机哪里出了故障，转念又想起现在正是黄金周。对啊，现在是假期，太棒了。

我的睡眠不错，可一旦醒了就很难再入睡，于是我打起精神，打算下楼做一杯拿铁。

现在，先打开房间的灯吧。

“我因为遭遇事故，产生了记忆障碍。一定要看桌上的笔记本。”

“一日入魂。”（**注：每一天都要竭尽全力的意思。**）

“首先是笔记本。快看看桌子上。”

屋外被黎明的鱼肚白覆盖着。昏暗的灯光照着室内，我发现了很多贴纸。顿时，我的脊背一颤，这种感觉让人不寒而栗。

这是什么啊……

一张张陌生的纸上，有我熟悉的笔迹。我这才注意到刚刚拿起手机时的不对劲，赶忙确认了一下手机画面，发现日期很奇怪。

昨天应该是四月二十六日，黄金周的第一天，所以我记得很清楚。现在时间却跳跃到一个多月之后？

除此之外，纸上还写着奇怪的事情。

事故？记忆障碍？

我陷入混乱中，有些不知所措。这时，走廊里传来了脚步声。当我看向门时，门被敲响了。我随口一应，就见妈妈端着放了马克杯的托盘，面容严肃地走进房间。

为什么……发生了什么？我满脑子疑问，最好奇的就是贴纸。

听到我的疑问，妈妈有些为难，吞吞吐吐地说道：“真织，你遭遇了意外，记忆方面出现了一些问题。”

妈妈给我详细讲述了事故和记忆障碍的事，我一下子变得十分茫然。

我突然想起，我确实遭遇了事故，可在我脑海中毫无疑问是昨天发生的事情。然而，在现实中并不是昨天，已经是几十天前了。

骗人的吧？我感觉自己的脸绷得紧紧的。

我拼命回想前一天的事，却只能记起遭遇了事故的“昨天”。

是妈妈在骗我吗？可她根本没有理由这么做。

难道——我的记忆真的出了问题？

我有点想笑却又笑不出来的感觉。

为了让自己平静下来，我坐在椅子上，喝了一口妈妈端来的拿铁。咖啡里加了我最喜欢的肉桂，可我并不能像往日那样平静下来。

我在发抖，妈妈痛苦地看着我。她告诉我，每天清晨，这样的场景总会重复上演。然后，我会开始翻阅之前写下的笔记。

为了有时间读这些笔记，我似乎每天都会起得很早。因此，晚上最迟十点我就得睡觉。而为了配合我，妈妈似乎也改变了生活节奏。她嘱咐我有事随时叫她，就离开房间下楼了。

房间里只剩我一人，我把视线转向放在桌上的笔记本。

虽然我从没见过这本笔记本，但的确是我喜欢的样式。设计简洁，还是活页夹款式。另外，纸张边缘提供了可以书写的索引部分，找起想要的内容时可以说是一目了然。

听妈妈说，平常我一边用手机做记录，一边把必要的东西整理在这本笔记本上。只要有笔记本，就不用担心哪一天记录会消失。

我畏畏缩缩地把手伸向笔记本。当中写着许多标为“重要”的内容。

里面写了我遭遇的事故和记忆障碍的症状，而这些事只有我的父母、小泉以及学校的老师知道。我似乎没有把记忆障碍的事告诉同班同学。至于理由，也被详细地记述在此。

老师在学校里和父母商量我的事时提过，国家规定了特例，凡是身体有特殊情况的学生，只要出席天数达标就允许毕业。只是与此同时，学校也提出记忆障碍有可能带来的风险。

我们都没想到，一旦这件事在学校传开，我就有可能与危险相伴。无论发生什么事，我都记不住，会忘得一干二净。无论谁对我做了什么，只要一天过去……

如果传开了，学校里会有各种各样的人跑来教室，只为好奇地看我一眼。更何况在现今的时代，信息很有可能轻而易举地传到校外。

当然，比起坏心眼的人，这世上更多的是心善的人。我如果说出实情，班上的同学们一定会照顾我，可谁也不能保证所有人都守口如瓶，一旦发生什么意外就晚了。而每天生活在惴惴不安中，这种不安感总有一天会成为我的精神负担。

我需要尽可能避开压力，做些开心的事让精神平静下来。医生也说过这一点很重要。

考虑到以上种种，我似乎极力避免和小泉以外的人来往。

我一一确认所有写着“重要”的内容，快要窒息了。通往未来的门被“砰”地一声关上，我仿佛被人抛弃在黑暗之中。

我差点读不下去，事实的真相……让我近乎崩溃。可我必须向前走。另一处标着“重要”的地方，似乎给了我希望。

“即便我有记忆障碍，也交上了男朋友。请阅读男朋友这一项，以及五月二十七日以后的日记。上面写着男朋友的事情。”

我拿起笔记本再三阅读这句话，陷入沉思之中。

我有男朋友……可是，为什么？明明我是这样的情况，到底是怎么回事？

我做好心理准备之后，首先读起笔记本里“男朋友”这一页。

他是其他班级的神谷透同学。因为没有交集，所以我对他几乎没有印象，应该是个白皙又瘦削的人吧。

按照笔记本里写的，他的照片和视频好像也在手机专门的文件夹里。

我看了看手机，确实有这么一个人，我们还靠在一起自拍过。交往的经过也写在“男朋友”这一页。

好像是神谷同学在放学后突然把我叫到教学楼后面表白的，但他并不是出于喜欢，看样子是有人让他这么做的。

换作平时，我应该会拒绝吧。可当时的我突然灵光一闪，顺势答应了他的表白。因为我想尝试在现在这种状态下，我的生活里还能否发生新鲜的事情。

在这之前，我每一天都过得毫无意趣，任凭日子一天天流逝。意识到这点之后，我心中十分感慨，于是下定决心开始这段交往。

我们交往有三个条件。

一、在放学之前彼此不要说话。

二、联系时说话尽量简洁。

三、不要真心喜欢上对方。

概括起来差不多就是这样，而这么做的理由也写了。

第一，我还是学生，再加上这样的身体状况，因此需要时间阅读笔记和日记，整理自己的事情。

第二，如果频繁联系，可能由于时间问题无法回复，或者突然聊起昨天的事情，这都是很麻烦的情况。

第三，虽说是交往，但我这种情况迟早会分手，所以不要动真感情，就当是一对假扮的情侣。

接着，我看到神谷透同学的简介，里面记录了他的生日、家庭构成、血型、喜欢的作家，我大概能猜出他是个什么样的人。

没落贵族，很会照顾人，是个注重卫生感的人。我正疑虑着卫生感是什么意思，下面也写了——清洁感随便怎么样都能装出来，可卫生感不行。

哎呀，这让我有点佩服。我发现我对他似乎产生了一些兴趣，于是果断拿起另一个日记本。

看来，我在用笔记本整理重要事项的同时，还写了一本日记。从事故发生的第二天起，一直到现在，我将所有的事情以日记的形式记录了下来。为了能在短时间内了解目前所发生的事，我还会以一周为单位总结日记的内容。

日记的写法和笔记本的不太一样，不拘泥于格式，写得更自由。

由于时间关系，我选择先阅读总结好的日记。我似乎依旧过着以往的生活，只是多了一件事，那就是我必须努力不让别人察觉出我的状况。

大致确认完男朋友出现前的事情，我开始阅读五月二十七日以后的日记：《放学后》《约会》《男朋友》《小泉》《男朋友的家》《红茶》……

我有点不敢相信这是发生在自己身上的事，读着读着就忘记了时间。

当然，日记里也记述了一些让人失落的事。对于现在的我来说，曾经努力考进的精英班已失去其意义，而与朋友的交往也受到影响。

最难过的是，我的病情似乎很难好转。

然而，自从这位男朋友在我的日记里登场后，日记的内容一下子变得乐观了。原来我们还聊过这样的事，原来他还会露出这样可爱的表情。越是这样细碎无奇的日常片段，越像在提醒我，原来昨天的我们也过得这样悠闲自在，这对于有着特殊情况的我来说真是莫大的鼓舞。

不知不觉间，日头升起，转眼已是七点。

这时，因为记忆障碍带来的不知所措也稍稍缓解了。

我来到客厅，见到爸爸正在看报纸。他看上去与昨天没什么不同，只是显得有些紧张。

爸爸看见我，放下报纸，微微一笑。

……难不成，每天都是这样吗？

“我……我给你们添麻烦了。”

我低下头，爸爸见状，慌忙站起身来。

“说什么麻烦，怎么会呢？对不对，真织妈妈？要不是真织挺身帮助那个孩子，估计他就没命了。我家女儿真了不起。你这个记忆障碍虽然不多见，但也不是完全没有相关的病例。也许要花些时间，总还是有希望治好的，你就放宽心吧。”

我有些内疚，爸爸妈妈每天就是这样不厌其烦地向我解释同样的事吧。我实在不忍心再让他们看见我的软弱，于是用力点点头。

爸爸像是放心了，对我豪爽地笑了笑，只是笑容有些僵硬。

一起吃过早餐后，我回到自己的房间。看了一下笔记本，才发现今天原来是我和男朋友约会的日子。我们约好了十二点钟在公园碰面。

我也会和别人约会啊，想不到我还挺厉害的。

当我正烦恼该穿什么去赴约时，就接到了小泉打来的电话。

“是真织吗？没记错的话，你今天要和神谷约会吧。你能行吗？”

是我昨天告诉她的吗，看来小泉知道我今天的安排。

“抱歉啊，小泉。我好像把你一起拖下水了。”

“拖下水？哦，你是说你失忆的事啊，都叫你别放在心上了。我只会做自己能做的，自己想做的事。”

小泉这副满不在乎的口吻于我却近乎救赎。她的性格有些冷淡，很少与人深交，可偏偏是这样的她，一旦与人交好就会拿出所有的真心待人。

“谢谢你这么说。对了，我正在纠结今天约会穿什么呢。”

“不想听。”

“咦？”

“懒得听你在这儿秀恩爱。”

“这不是秀恩爱啦。”

我还有些事情瞒着小泉。她并不知道，我和神谷同学只是一对假扮的恋人。

因为我的任性，小泉也一并卷入了这桩麻烦事里。我在日记中写道，为了不继续给她添麻烦，还是尽量不让她操心我和神谷同学的事比较好。

我翻找着衣服，总算决定好穿什么。

时间还早，我又翻起了笔记本和日记。起初我有些沮丧，可连我自己都没想到，我很快适应了此刻的状况。

妈妈只知道我要出门，而爸爸那边，我告诉了他是去约会。爸爸惊讶得瞪大了眼睛，非要送我去，被我笑着拒绝了。我打算一个人坐电车去。

下了电车，我徒步往公园走。一路上，我反复咀嚼着关于男朋友的情报，突然间充满了自信。什么嘛，我这不是和普通人没什么两样。这么想着，我不禁抬起头，感觉阳光化作了音符，正在谱写一首动听的曲子，多么美好的一天啊。

也许，我能像普通人一样，过好每一天。

当然，我必须把今天发生的事牢牢地记在笔记本和日记里，不然它就会从我的记忆中消失。

我对比了一下相册里的照片，发现一个像是我男朋友的人正在约好的地方坐着等我。

他穿着便装，我有些不敢确认。远远望去，笔挺的衬衫，像是刚洗过的运动鞋，没有起球的黑色牛仔裤，我的脑中顿时出现了三个大字——卫生感。

“请问，是透同学吧？”我问道。

他放下手里的书，抬头看我。

“啊，是我。”

“那就好。不好意思，之前都是穿着校服，我怕认错人。”

这样解释后，他好像没有起疑。

我向男朋友隐瞒了记忆障碍的事，不过，总有一天我得告诉他真相吧？还是说，在这之前，我们就已经分手了？

我心中有些动摇。这时，我注意到男朋友身旁的野餐篮。

原来男朋友还有一个姐姐，这是他没有提过的信息。

这个野餐篮是姐姐的所有物。尽管不是永别，但我也怕他继续说下去不免会难过，就说了句“我肚子饿了”岔开话题。见状，他对我笑了笑。

之后，我们像普通情侣一样，享受着公园里的惬意。

我们来到一处绿草丛生的广场，在树下铺好垫子。

远处是举家出行的游人，我眺望着他们，嘴里吃着男朋友亲手做的便当。这些三明治夹满了各色蔬菜，只是看着也赏心悦目。低卡路里的配菜味道也相当不错。

“透同学以后一定能成为一个好丈夫。”

“你也是啊，将来……啊，不好说哦？”

“干吗说到一半不说啊？”

我这么说着，望向他，看见我的男朋友笑了。

这是一种不可思议的感觉。陌生的他如此信任我，我也毫无保留地信任着他，原来人类真的可以心意相通啊。这样一想，我的心中暖暖的。

即使记忆只能维持一天，即使只能靠笔记里的内容了解眼前的人，但他知我懂我，会用柔和的眼神看着我，每一个昨天的我都鲜活地存在于他的记忆之中。

我内心神奇地平静下来。即便我们相对无言，氛围依然惬意。

“真不可思议啊。”一不留神，心里话从我的口中跑出。

见状，我的男朋友问道:“怎么了？”

我们的视线一度交汇，然后我看向前方。

“真的很不可思议啊，你不觉得吗？不急不躁，悠然又平静，不说话也不会尴尬无聊。就这样，两个人静静地看着时间堆积。”

我们静静沐浴着和煦的日光，心中默读着名为“时间”的书。我不禁联想到创造了我们的神明。神明对我们毫不关心，站在人类无法触及的高处，心中既无善也无恶。可此刻，我竟然觉得，神明偶尔也会温柔待我。说不定，神明他……

起风了。我伸手按住被风吹起的头发，正对上他的视线。

恍惚中，我听见他说了一句话。

“我可以喜欢日野吗？”

我慢慢地把脸转向他。此刻，神谷透的表情认真极了。

我鼻子有些发酸，内心哀叹道：

不，我错了……神明果然是残酷的，坏心眼的。

2

顺行性遗忘症——日野口中的词对我来说有些陌生。简单来说，它是一种无法存储新记忆的障碍。由于遭遇事故，她的大脑受到撞击，导致存储记忆的系统瘫痪，无法发挥作用。早上起床后到睡觉的这段时间可以保持记忆，可睡着后大脑就会整理记忆，一天的记忆就这样被删除了。第二天早上什么都不会留下，又回到一天前的自己。

记忆重置——这是日野现在所面对的问题。

我听着日野的解释，她过去的样子在我脑海中闪过。经常用手机做记录的日野，不停拍照的日野，第一次见面时对我充满兴趣的日野……这些细节都和记忆障碍有关。正因如此，才有了那三个条件。

日野告诉我，她每天都通过自己记下的笔记和日记串联起所有发生过的事。说完，她一脸要哭的表情，倒映在我茫然的眼中。

日野支支吾吾道："我没打算让你知道的。对不起，让你也跟着我胡闹。"

"胡闹？"

听我这么一问，日野的表情有些阴郁。

"嗯。"

"怎么胡闹了？"

"当初表白时，我答应了你，可并不是出于喜欢。我们这样交往，无论发生什么新的事，我都记不住。"

"你要是这么说，那我也有错。当时我也撒谎了，才……所以，现在……"

我想说点什么缓解眼前的气氛，却笨拙得不知该说什么。

日野仍然阴沉着脸。这可不行，我希望她能长久地笑着。

"还有其他人知道记忆障碍的事吗？"

过了好半天，我才挤出这句话。我好像只会问问题了，而日野一直低着头。

"嗯。小泉、爸妈，还有学校的老师……"

只有很少人知道这件事。理由是知道的人越多，风险就越高。我听完日野的解释，有些呆住了。的确，记忆障碍的事被人知道了会有不少麻烦。

日野说完，又垂下头。

我的心有些作痛。我不想日野低着脑袋，也不想自己只会一个劲地发问。作为假扮的恋人，我能做什么？但我必须做点什么。

其实，我心中早已有了答案。它如此显而易见，让人怀疑是不是我身体生长的一部分。

“你听过这么一句格言吗？世界上有两样东西藏不住，一个是咳嗽，还有一个是什么来着？”

我想起了下川的话。恋情萌芽的契机究竟是什么？是因为在我鲜有笑容的日常里，日野的笑容显得格外特别？还是因为日野很漂亮？抑或是因为对日野隐瞒的事情产生了好奇？

爱意，就这么悄然绽放了。等我回过神来时，我的眼里已经满是日野了。

“如果不把今天的事写进笔记本或日记里，是不是就无法传达给明天的日野？”

“是啊。像今早一样，明天我醒来只会记得昨天的我遭遇了事故。所以必须写……咦，透同学？”

日野终于抬起头来。

活到现在，我的心中萌生过或大或小，各种各样的心绪。

喜悦与苦恼，哀愁与安宁。

然而，我从未有过此刻的果敢。

我好像又能干出一鸣惊人的事了。

那是因为，你在我身边，我希望待在你身边。

“既然如此，那你不要把你告诉我记忆障碍一事记录在本子上，还有，我喜欢上你的这件事也一样。”

我平静地说着，没有一丝犹豫。

日野一脸惊讶。我努力地想挤出一个笑容。

“说起来，是我违反了约定。如果，我是说如果，日野还允许我做你的合约男友，不知道我的心意会更好吧？记忆障碍的事也是，你本来就没打算和我说，不是吗？如果它们让你不安，那你就应该忘记。今后，我也会装作不知道。你说呢？”

日野没有立刻回答，眉眼间有些迟疑。

“可是这样，岂不是我把所有好处都占了？”

“没那回事，我……”

在短短的时间内，我的内心发生了翻天覆地的变化。曾经的我不理解何为“喜欢”，虽然在班上经常听到谁谁谁又恋爱了，但总觉得那是离自己很遥远的世界。可现在，我很自然地喜欢上了日野。

她爱对我笑，和我聊无关痛痒的话题；她真诚，时刻为别人考虑——对她心动的理由，说也说不完。这场初恋来得突然，我有些不知所措。

只是，我可以告诉日野这些吗？它们会成为日野的负担吗？

“我在和日野交往之前，每天都过得很无趣，所以我想，如果我们还能在一起，不是真的男朋友也没关系……今天的事情，你就当没发生过吧。”

远处传来了游人其乐融融的嬉闹声，而我与日野被隔绝在那声音之外。

远处的云轻盈地飘过。对比之下，我觉得自己与浮云截然不同，全身写满了造作。

“透同学，这样真的可以吗？”

我将视线转向日野，发现她正若有所思地望着我。

“嗯，我觉得很好，和你在一起很开心，前提是你不介意。”

听到我的解释，日野露出沉思的表情。

这个选择会有一天让我和她都陷入痛苦吗？可我仍要祈祷，祈祷这份爱恋，有朝一日，也会开花结果。

犹豫之下，是日野长久的沉默。她用力抿紧嘴唇，一言不发。

终于，她开口说道：“嗯……好吧，那我就不写今天的事了。我会忘记的。”

“忘记”。日野说的“忘记”，和我们普通人说的意义大不相同——

日野是真的会忘记。

如果不记录自己的生活轨迹，日野她就……

“谢谢。”

“别这么说，是我让你背负了那么多……对不起。”

“没什么。有这么漂亮的女朋友，即便不是真的，我也开心。”

我故意说得轻松，想赶快结束这个话题，然而效果好像不尽如人意。

随后，我在纸杯倒入红茶，递给日野。我们端着杯子，一起喝了起来。

当我问及记忆障碍的详情时，日野知无不言，毫不避讳。

睡着后，日野的记忆就会重置。如果能努力做到不睡觉的话，第二天仍然可以保留记忆。实际上，日野和绵矢曾经试验过，可这样并没有什么意义，人不睡觉就无法生存。

包括班主任在内，老师们都知道日野的情况，因此上课时不会点她的名字。作业交一张白纸上去就可以了。考试照常参加，不用担心不及格的问题。

每天早上醒来发现自己有记忆障碍会让日野感到痛苦，不过只要上课，她就能顺利毕业。至于以后的事情，她好像还没有考虑。

我们十二点才见面，虽然有点早，但下午三点就分开了。

临走时，我对日野说：

“别写在笔记本或日记里哟。如果你写了，我肯定能知道。你心里想的都会写在脸上。”

“嗯，放心吧。”

日野的表情有些令我无法捉摸，她还是第一次露出这种表情。

在我人生这本厚重的书中，如今有一页名为日野。

“那个……透同学，今天谢谢你。你果真是一个温柔的人。”

我温柔吗？真的是这样吗……

“你客气了，我也要谢谢你。对了，还有……”

如果我继续喜欢你，会给你添麻烦吗？

这句话都到了我的嘴边，最终还是被我咽了下去。我看着还在等我说下去的日野，摇了摇头。

“没什么，我送你去车站。”

送走日野，我提着变轻的野餐篮准备回家。转念一想，父亲知道我是出来约会的，要是看见我这么快回家，又一副失落的样子，免不了要担心。于是，我改变主意，找了一个公园，坐在长凳上看起书来。我的视线一直盯着同一行字来回打转，什么也看进不去。我究竟心不在焉地思考了多久？

下午五点，宣告傍晚来临的音乐在周围响起。

我去了很少光顾的商业街精肉店，买了一些牛肉回家。

父亲高兴地吃了我做的寿喜烧，说今天写作的进展很顺利。

“透，你呢？”

父亲突然有些严肃地问我。

“嗯，很好啊。她很喜欢我做的便当。”

我含糊其词。父亲听了，又开心地笑了起来。

“那就好，那就好。来来来，你也多吃点肉。等我这次拿了新人奖，就把你的女朋友叫来一起庆祝吧。怎么样？”

父亲不胜杯酌，很快就睡下了。我一边收拾餐具，一边思考各种各样的事情。

究竟何为喜欢？人为什么会喜欢上另一个人？即使喜欢上一个人是痛苦的、悲伤的，却依然无法抑制喜欢？

没有人回答我的疑问，只有洗碗的声音一直在单调地回响。

3

星期天，是我和下川告别的日子。

下川转去的学校在国外。我本打算去机场送他，他担心我的电车费，让我在快速列车经过的车站见他。

我还以为自己来早了，没想到下川已经在检票口前等了。

“抱歉，让你等我了，你来得真早啊。”

听见我的招呼声，下川突然吞吞吐吐，像是有些难以启齿。

我正好奇着，那家伙的名字突然从下川嘴里冒了出来。是带头欺负下川的人。

下川组织着语言，一五一十地和我说了他向老师报告自己被勒索钱财的事。

“其实刚才……他把钱还我了。报告老师之后，第二天他就来找我。我说那是我攒的压岁钱，不用还了，可他非要还。我刚刚提早来，就是为了和他见面。他在偷偷打工，又问哥哥借了点钱，把勒索的钱全部还给我了。”

那家伙不久前就在这里把钱还给了下川。我猜想他已经走了，却还是下意识地把视线投向周围。

我想说些什么，可昨天日野的事还影响着我，让我的思考变得有些沉重，只想起那家伙独自一人在教室里看招工杂志的情景。

“是吗？下川……你告诉老师了啊。”

下川并不知道，那家伙已经告诉我了。

“嗯。都上高中了，还被人找麻烦，肯定是我太笨太胖啦，理由多着呢。我觉得有点丢人，一开始没敢告诉老师，没想到你被我连累了。我就想，是时候做点像男人的事了。不过，我还是害了别人，听说他们几个关系闹崩，他还被其他人孤立了。”

在我看来，这是一场自作自受的闹剧，下川却为此生出歉意。这样的他，让我觉得非常了不起。我与下川交往短暂，可在心底，我早已把他当作我不可替代的朋友。

今天的气氛一改往常，我们彼此相对，都不知道该说些什么。最终，下川打破了沉默。

“神谷同学，谢谢你一直对我这么好。”

听到这番话，我抬起头来。

“你总是那么谦虚，我真的觉得你很棒。你把自己装得一无是处，可我知道你的好，比如你很温柔。”

我第一次见到下川露出如此认真的神情。

“我爸爸说过，做个温柔的人比做个伟大的人更难。神谷同学，你比世间那些伟人更棒。也许我这么说有些没礼貌，虽然你家条件不好，过得很辛苦，但你从不向生活低头。我爸还说，一个人吃了太多苦就会卑微，心眼变坏，可你很温柔，特别温柔。”

这句话和日野昨天临走时说的在我耳边重合。

“你果真是一个温柔的人。”

除了温柔……我一无是处。我只有温柔。更何况，这温柔也是随性而为的，根本不值一提。

我犹豫了一下，还是把这些话放在心里。

“那下川，你可别太操劳了，要当一个伟大的人哟。”

尽管像在开玩笑，但这些都是我的真心话。下川听了，笑了起来，说一定会努力的。

“对不起，神谷同学，再不走的话，我觉得我快哭了。谢谢你。

即便我们相处的时间不长，我也不会忘记你的。真的谢谢你，愿意陪着我。”

下川伸出一双干净的手。我盯着自己粗糙的手，有些不好意思，最终还是将手递了过去。他用力握住我的手，我也抓着他的手不愿放开。

“在新的环境中也千万别认输，下川。”

“我会努力的。”

“逗你的，认输也挺好。”

“那不行，有违我的初心。”

“既然你决定要改变，顺便也减个肥吧。你知道吗，你其实是个美男子。”

“当真？那好，减肥这事我也努力。”

下川有些羞涩地笑了，我放开他的手。

“那我走了，家人还在机场等我。”

我点点头。

“和日野同学要好好相处哟。”

这句话，让我有些动摇。

我不说话，点了点头。下川见状，笑得像个惠比寿。**（注：惠比寿，日本的土地神，一般怀抱着鲷鱼，面容慈祥。）**

下川迈开步子，朝着检票口的另一边，朝着新的舞台走去。然后，他回头看我，用力地挥手。我也朝他挥手。

“在下次，下次我们见面之前——”此刻，这个最胆小的大男孩竭力地喊道，“我一定会改变自己。我也要交到和日野同学一样优秀的女朋友。到时候，我们就能一起聊女朋友的事啦。”

对此，我什么也没说，只回了句“嗯”。

我回到家，听见键盘的敲打声回荡在房间里。爸爸似乎又在写小说了。我望着低矮的天花板，认定这才是属于我的日常生活。

做了一些琐碎的家务活后，时间转眼到了中午。我没什么食欲，随便做了两人份的午饭，与父亲一起吃了。

一上午的忙碌让我像个泄气的皮球，窝在自己房间的被子里懒得动弹。

手机亮了，有人给我发了消息。我以为是下川，便拿过手机，不想是绵矢发来的。但我既不想回，也不想读。

这一天就这么过了。

4

星期一，第二节课的课间。

下川一走，教室都显得格外宽敞。我感觉有人在看我，往教室外望了一眼，只见绵矢正沮丧地站在那里。她不高兴地抱着胳膊，见我也在看她，就向我招手。

我脑子里什么也没想，朝教室外走去。绵矢走在前面，带我来到走廊一角，是上次的老地方。

“为什么不回我消息？”

绵矢停下脚步，回头问我。

“抱歉，你给我发消息了吗？我平时不怎么看手机，没注意到。”

“你是说你根本没看？”

“我一直把手机放在包里，回头再看。”

虽然没有浏览内容，可我知道绵矢发了消息。

为什么我要说谎？我漫不经心地思考着这个问题。这时，绵矢撩起太阳穴附近的头发，露出好看的耳朵。

“没看就算了。那我问你，你和真织之间发生了什么事吗？”

我若无其事地回应道：“和日野？没什么啊。上周六我们在公园约会，不过时间不长就是了。为什么这么问？”

绵矢满脸写着猜测，直直地盯着我看。

“我和真织不见面的时候也会打电话。上周六晚上我们通了电话，我觉得真织有点不对劲。”

“怎么不对劲？”

“话太多了。”

“她一直挺能说的。”

“不对。她一遇到痛苦或者难过的事，话就会变多，一直都这样，我一听就知道。”

从绵矢认真的样子可以看出，她对日野是真的在乎。

如此看来，我对日野动了情、她向我坦白身体状况、我让日野不要把这些记在笔记本上等事，她都没有告诉绵矢。

那么笔记本和日记呢？真的什么也没留下吗？

“就算是你说的这样，这和我有什么关系吗？”

为什么我要用这样的口气说话？我今天有些奇怪。

绵矢似乎也很讶异，轻轻皱起眉头。

“真织的父母可疼真织了，不会让她受委屈的。总之，我不认为是家里的事情导致她心情不好。既然如此，唯一有可能的原因就是你。”

绵矢的措辞十分谨慎，让我再次感受到，原来一切都是真的。日野确实有记忆障碍，并且在努力地隐瞒病情。

就像绵矢隐瞒了日野的病情一样，我也隐瞒了事实。我假装什么事也没有发生。

“星期六应该没有发生什么特别的事情。不过，我也猜不到别人心里在想什么。今天放学之后，我会委婉地问她，要不你也一起来吧。”

“我啊……还是算了。对不起，上次也是这样，你肯定觉得我是个怪人吧？如果你见到她也觉得不太对劲，记得告诉我。虽然你们才交往没多久，可你毕竟是她的男朋友嘛，说不定面对面比打电话管用。”

“知道了。”

第二节课间休息就这样过去了。

为了在家里能多些自由活动的时间，我抓紧在剩余几节课的课间休息时间写了作业，又预习了功课。

能和我聊天的下川不在了，我打算以后课间都这样度过。

我又看看那家伙，他和我一样，一个人摆弄着笔。

终于放学了。空无一人的教室里又只剩下我和日野。

“哟，男朋友，你在这儿呢。”

日野说过，在有记忆障碍之前，她几乎不知道我的事。现在她能辨认出我，想必是通过照片来区分的吧。如果此刻坐在这里的是另一个与我样貌相似的人，她恐怕也不会察觉。

我一边胡思乱想，一边对日野打了个招呼。

“哟，my honey。”

“咦，你不是不喜欢这个称呼吗？”

看来日野连这样小的事情都做了记录。不过我刚才那句招呼不是为了确认什么，只是不想让自己看上去太过冷淡罢了。

“嗯，我也是试着说说看。”

“难怪你的表情这么僵硬。”

日野打趣道，又开始认真凝视起我的脸。对于这种反应，我以前会觉得有些奇怪，可现在不会了，于是我也热切地盯着日野。她看到我的反应，有些意外。

为了显得不刻意，我笑着说道：

“星期六……”

“嗯？”

“星期六，谢谢你，我很开心。”

停了一会儿，日野夸张地回应我：

“啊，是啊是啊，我也是！便当真的很好吃。本来，我这个做女朋友的也应该给你做点吃的，可是抱歉，我实在不擅长烹饪。”

“嗯，我猜到了。”

“咦，你有点过分啊。”

“明明是你自己说的。”

“自己说是自己说，你说就变味了。”

看到日野的笑容纯净如水，没有一丝做作，我猜想她应该实现了我们的约定。

我向她表达了爱意，她向我坦白了自己的病，这些都没有留在笔记本和日记里。也许，这是一个让所有人都安心的选择。

我决定装作不曾向日野告白，也不知道她的病情，日常生活中即便感到有些不自然也不深究。这一定是日野想要的。

“我的男朋友，今天我们做什么？”

自从我们认识后，日野总叫我“男朋友”，多半是不习惯叫我的名字吧。

“我的女朋友有什么提议吗？”

“你说我吗？”

“没错。”

“嗯——我想想。啊，对了！你骑自行车载我吧，这不是情侣间都想做的事吗？”

原本我有些担心，再见到日野时能不能保持原来的自己，现在看来是我多虑了。日野天真的口吻让我不知不觉间也跟着笑了起来。

此刻，我必须从周末的情绪里走出，不能再消沉下去。这是我自己决定的路，我会继续喜欢她，陪在她身旁，但我不会告诉她这份思绪。

“骑自行车载人违反规定，所以不行。有没有再安全点的？”

“穿着校服约会？”

“哦，这个还不错。那等下我们去哪儿？”

“家庭餐厅！”

日野想也不想地说道。我一听，不禁笑了，心也变得柔软起来。

面对日野，我的心中总是一片喜悦。感情就是这样，不由自主，不可救药。

即使我们只是一对假扮的情侣，我的心意却不会改变。我的喜悦，我对日野的感情，一切如常。手握一颗真心，不需要任何回报。

“没有问题。”

“哎呀，我忘了，去吃饭得花钱，你没问题吧？我会付我那份的，也可以请你，毕竟是我非要去的嘛。”

“没关系，我有点临时收入。还有别的吗？”

“去游戏厅秀恩爱。”

“秀恩爱就算了，只玩游戏倒是没问题。”

“去水族馆。”

“那得等到放假的时候。可以。”

“游乐园之类的呢？”

“可以啊。”

“还有就是，卡拉 OK！”

“最好把绵矢也叫上。”

“两个人不行吗？”

“在单间里两个人独处，我总觉得有点害羞。”

“原来没落贵族是个害羞男孩啊。”

“是啦是啦，还有吗？”

“啊，我想试试图书馆约会，我们可以一起备考。”

我没料到日野有那么多想尝试的事情。

她晚上一睡着，就会忘记那天发生的一切事情，留不下一丁点回忆，这是多么绝望和痛苦的事。所有人都在向前走，只有自己被时间抛弃，“未来”成了奢望。

那么，我希望明天的日野也能感受得到日常生活的美好；希望日野的日记里充满快乐的回忆；希望读完它们，明天的日野能拿出一丝勇气。不求更多，只求日野面对“未来”时不再恐惧。

“说了不少呢，那我们一个一个去做吧。我想想第一个做什么……这样吧！要不今天试试我骑自行车载你？”

我一副饶有兴趣的口气，日野有些惊讶。

“咦，不是不行吗？再说了，你不是坐电车上学吗？去哪儿弄自行车啊？”

让我们用新的画笔重新点缀日常的片段吧。忘记痛苦，只留下希望。好吗，日野？

我已经有了主意，一改往日，对着日野偷偷一笑，仿佛在告诉她：爱上一个人是一种满足的幸福，如同拥有了整个世界。

5

我们俩偷偷摸摸地接近学校的停车场，这里很少有人来。

我和日野都坐电车上学，这里当然没有我们的自行车。不过，我听班上的同学说，停车场的管理似乎很松散，放了好几辆没上锁的自行车，不知道是毕业生留下的，还是有人偷了外面不用的自行车丢在学校。

我和日野找了半天，总算找到这些自行车。

“可是这辆车胎没气啦，透同学。”

我暗自下定决心：现在，只要是自己力所能及的，无论什么都要做到。如此一来，日野日记里的快乐才会越来越多。

好不容易才找到自行车，结果是一辆没气的，日野不禁有些沮丧。

见状，我直截了当地说：“小意思。日野，男朋友派上用场的时候到啦。要是爆胎就修一下，没爆胎更好，借个打气筒不就行了？”

“我没听错吧？我的男朋友突然变得这么可靠！”

我毫不犹豫地笑道：“交给我吧。”

我和日野找到学校的勤务工，借来了打气筒，可无论怎么打，气都打不进去。

勤务工倒是可以帮着我们修车。只是这辆车不知道是谁的，又没贴着学校专门管理用的贴纸，我担心勤务工问东问西，于是决定自己动手。

我需要剪刀和双面胶，日野告诉我她们教室讲台的桌子里就有。没记错的话，我们教室里还有一个水桶。于是，我们决定先回各自的教室。

我们换上室内鞋，快步往教室的方向走去。日野有些兴奋地问我：“我们要干吗？”

“做点好玩的事。”我想留点悬念，没有多说。

我回到自己的教室，从打扫用的储物柜拿到水桶后，来到走廊和日野会合。日野也拿到了我需要的东西。我们仿佛是一对怀揣着阴谋的同党，彼此相视，会心一笑。

我们往桶里装上水，又回到停车场。我从车轮上取下轮胎，浸在水桶里，借着气泡判断爆胎的位置。其间，我让日野把我平常用的透明文件夹用剪刀剪成创可贴大小，在其中一面贴满双面胶。

剩下的就简单了。把剪成小块的透明文件夹贴在爆胎的地方，周围用双面胶加固，最后将轮胎装回自行车上就可以用打气筒打气。

这次，轮胎不再漏气，转眼变得鼓鼓的。

“哇！这就修好啦！厉害，我的男朋友真厉害！”

我拍拍手，一脸的得意。日野转动着圆溜溜的眼睛，来回盯着自行车看。

这可不是故意扮穷，而是藏于生活中的小智慧。

“日野，那我们开始吧？”

快乐的事情不是修好自行车，重头戏还在后面呢。

日野心领神会，微微张开嘴。

“呀，是那个吗？”

我看着她，笑了笑。

“对，就是那个。”

日野顿时笑得合不拢嘴。

“冲啊！”

我们骑着一辆自行车，飞驰在上学路边的田间道路上。

我在前方车座上，用双脚拼命踩着踏板。日野侧坐在后排放东西的地方，一只手揽着我的腰。

骑车载人确实违反了道路交通规则。如果被警察或老师发现的话，难免会受到警告，更何况这辆自行车很有可能是赃物，所以我特意选了一条离学校有些距离的路。

此刻，我们乘着风向前飞奔。

“太棒了，好厉害啊！速度好快——”

日野兴奋地喊着。

我恨自己平时没有锻炼好脚力，只得用尽浑身力气继续踩踏板。而最令人担心的轮胎也没有漏气的迹象。

一辆可能是赃物的自行车，一个本该放东西的地方坐着一位姑娘，就这样，我们穿过了一条又一条小道。

我自己都无法解释这一切。我变得不像自己了。

回想起来，我活到现在，似乎没做过什么出格的事。不出格，即是无趣。如果一直过着无趣的生活，自然不能让日野开心，日记中写下的肯定是乏味的内容。因此，今后只要是她希望做的，哪怕是胡闹的事情，我都无妨。就像现在这样，骑着不知道是谁的自行车，在田间小路上大叫着，只要日野开心，再荒唐也无所谓。

“日野，你怎么不拍视频了？”

为了不让日野注意到我粗重的呼吸声，也为了不让风掩盖住我的声音，我大声地向日野询问道。

“对哦，我都忘啦！”

后来我们才知道，日野拍下的视频因为画面摇晃得太剧烈，完全看不清在做什么。毋庸置疑的是，日野在开心地大叫，还有那时不时回头窥视的我笑得像个傻子。

我们在小路上转了一圈又一圈。尽兴之后，我们打算把自行车送回学校。

日野提议，她骑车载我回去，可女孩子毕竟体力有限，我们又怕被老师撞见，最后选择慢悠悠地推着自行车往回走。

从学校的停车场出来，我们结伴走在前往车站的路上。日野依然兴奋不减。

“那明天呢？”

夕阳染红了眼前归家的路。日野听见我的询问，微微扬起眉。

“明天？”

“就是明天放学后。”

“哦，明天啊……”

她若有所思，一个人小声念叨着。见到她的反应，我不由得笑了。

“我会让明天的日野也过得开心。”

“咦？”这句话有些大胆，让日野发出惊讶的声音。她像是有所察觉，凝视着我，想要在我身上发现点什么。

“怎么了？”我慌忙移开视线。

“没有，没什么。”

“反正在放学前决定就行，或者放学之后再说也可以。”

“透同学，你是不是有点怪怪的？”

如此看来，此刻的我是不是和她笔记本以及日记里的我有些不同？这个差异反而令我有些高兴。

今天的日野应该不会想到，我已经了解了她的病情。

“是吗？我应该是最近和日野玩得太开心了，所以看起来有点不一样。”

“哦，是吗？人类真有意思。”

日野一边感叹，一边掏出手机记录。我瞥了一眼，发现上面罗列着她想做的事。

于是我移开视线，向日野提议道：“比如说，明天也可以继续骑车啊。”

“啊？不过，连着两天的话，我怕你觉得无聊。”

“我们一起骑，要无聊也是一起无聊。”

“啊，嗯。有道理。”

也不知为什么，我有些窃喜，嘴角微微翘起。

“不会啦，你别想那么多。只要和日野在一起，我做什么都开心。总之，明天你想做什么我都陪你，怎么样？”

“嗯！”

结果，第二天放学后，我们又一起骑车。

日野没有昨天与明天。她有的，只是“今天”——

没错，第一次二人同骑一辆车的“今天”，她的笑容一如昨日。

因为省去了修自行车的麻烦，今天我们可以轻松地骑车。即便连续两天骑车，日野也并未感到厌倦。

只是，我没想到骑车活动竟然持续到第三天。读了前一天日记的日野，说不定真的会厌烦了。不过，这样也挺好的。

要说有什么与前两天不一样的地方，那就是那天绵矢也在。我们俩扯着嗓子在车上大喊，见到此情此景，绵矢看呆了。

不一会儿，她笑着说：

“那边的不良少年和不良少女，骑车载人违反了道路交通规则，现在马上下车。重复一遍，骑车载人是违规的，现在马上下车！”

日野大声回道：“我们做个交易吧！”

“什么啊，说来听听！”

“我也骑车载你一次，刚才的事你就当没看到。”

“好家伙，你要贿赂我？你这是赤裸裸的贿赂哟。不过，你的提议倒是深得我心。”

我将自行车的把手让给日野，绵矢在后排坐下。日野拼命踩着踏板，速度却怎么也提不上去。

“马力不够啊，真织。”

我看着回来休息调整呼吸的日野，不由得打趣道：“要不然在你前面挂一根胡萝卜？”

日野仍然喘着气，开心地回应道：“哇，你看看，这个人竟然对自己的女朋友说这种话。”

最后，在绵矢的催促下，我跨上单车踩了起来，绵矢在我的背后欢呼。

日野休息了一会儿，缓了过来，对着我们欢快地抗议道：“目击出轨现场，目击出轨现场。那边的不良少年和不良少女，现在马上下车！”

“抱歉啦，真织。这个没落贵族我就收下啦。已经没有人能阻止我们这场爱之逃亡了，嘿嘿！”

“透——我要诅咒你的子子孙孙！”

我听着日野的“诅咒”，忍不住笑出声。

远处的天空犹如定格在故事里的插画，燃烧成一片茜色。

6

整整一周，我们都通过骑自行车打发了放学后的时间。星期六，三人决定一同去水族馆游玩。

我们约好中午一点在市中心车站的钟塔前见面。因为路线的关系，我们都会经过这个车站。从这里出发，还要坐十五分钟地铁才能到水族馆。

听说馆内有一个大广场，可供游客饮食休息。只是去到那里再吃午饭，用餐的时间就会比较晚，因此大家决定各自解决。即便如此，我还是准备了三人份的便当，提前三十分钟来到约好的地方。

车站连接着商业楼。十三楼有家书店，书品齐全，我想着难得来一趟市中心，不如上去逛逛。

我乘上有些拥挤的电梯，丝毫不担心别人会怎么看我这个挎着野餐篮的人。

出了电梯以后，我径直朝书店走去。与往日不同，今天人格外多，大家手里拿着书，聚在一起说话。我猜想书店在举办什么活动，抬眼看了看贴在附近的海报。

我没有任何心理准备会看到那张海报，茫然地站在那里。

西川景子芥河奖候选作品发售纪念签售会——当我明白这意味着什么的时候，突然觉得自己走不动路了。

犹豫间，我径直朝书店走去。

店里传来了店员催促排队的声音。签售会设在书店的中间位置，这会已经排起了长队。

这个月的《文艺界》里并没有写明有签售会，难道是在网上发布的吗?

我又确认了一下西川景子所在的地方，想设法绕过去。我感受着怦怦直跳的心脏，小心翼翼地绕边走。抱着和我一样想法的人特别多，排成了另一条长龙，大家你推我搡地慢慢前行。

我拿着野餐篮，实在有些突兀碍事，惹来一些不满的视线。我觉得十分抱歉，但现在顾不上那么多了。

我一步步向前走，离那个地方越来越近。

我隐约能看见签售场地边贴着黄色胶带，似乎是为了与周围隔开。快到了，快到了。终于，我来到了黄色胶带的前边。在那里，我见到了——

作家西川景子，我的姐姐，正坐在那里。

我觉得口干舌燥。姐姐坐在长桌边的椅子上，接过读者递来的书，为他们签名。一位身穿黑色西装的女子候在她身旁。

姐姐对读者露出的笑容，在我看来有些陌生。

“谢谢您。”姐姐一边说，一边将书交还到读者手里，又与他们握了握手。读者也低下头以示感谢，带着心满意足的表情离开。我在一旁静静地看着他们重复相同的动作。

突然间，姐姐像是发现了什么，朝这边看过来。

“……透？”

此时，我应该摆出什么样的表情才合适？

我像是忘记了怎么微笑，傻傻地看着姐姐。

等待西川景子签名的读者还在往前走，但姐姐的视线仍停留在我身上。那位身穿西装的女子有些困惑，向姐姐问道：“怎么了？”

“啊……哦，没事。”

姐姐迟疑了一会儿，笑着对排队的人说：“不好意思，不好意思。”说罢，她对着身穿西装的女子耳语了几句。

女子显然有些吃惊，将目光投向我，点了点头。

随后，西川景子继续签名，那位看上去比姐姐年长几岁的女子则朝我这里走来。

“你好啊，听说你是她的弟弟？”

“啊……嗯，是的。没错。”

“没想到签了那么久，不过再过一个半小时差不多就能结束了，你要不要先喝杯茶等一等？你姐姐好像有些话想对你说。我看看这附近——”

她说的咖啡店好像就在这栋楼里。

我点头答应道：“我明白了。”

西装女子笑着瞥了姐姐一眼，返回长桌拿了一本书又走来递给我，说道：“你拿着吧。”是这次签售会正在卖的书。

西装女子又对我笑了笑，然后回到签售会的工作中。周围的人听到我们的对话，颇有兴趣地看着我。我甩开那些视线朝外面走去。

一个半小时后啊……

我没多想就答应了西装女子，现在有些发愁等会与日野和绵矢见面的事。我走出人山人海的书店，坐电梯下到一楼。

我走出商业楼，张嘴吸一大口新鲜空气，向约定的地点——钟塔走去。钟塔前人头攒动，虽然时间还未到，但绵矢已经等在那里了。

“咦，神谷，你来这么早？你知道吗，楼上在办西川景子的签售会。我上去看了一眼，人多得要命，让我吃了一惊。”

“其实……西川景子是我姐姐。”

“哦，是吗？不过我真没想到会有这么多人来，等等！你刚才说什么？”

话都说出了口，我不好意思再说这是玩笑，只好含糊地笑笑。

熙熙攘攘的人群中，我与绵矢相顾无言。

“抱歉，我不知道今天有签售会。刚才上去看了看，算是说上话了吧。我们……好久没见了，等会签售会结束，可能还要再聊几句。”

我说得模棱两可，但绵矢似乎察觉到什么。

“是吗……嗯，我就不多问啦。知道了，不用管我们，你去吧。”

我觉得过意不去，一直低着头，过了好一会儿才敢抬头看绵矢。

“其实我应该当面和日野说，可现在脑子里乱糟糟的，一想到要爽约，就不知道该怎么面对她。你能帮我和她说一声吗？对了，这是我做的便当，你们俩吃了吧。我做了三人份的，要是吃不完也没关系。等我和姐姐聊完之后，我肯定会去找你们。”

我把野餐篮递给绵矢。女生提着或许会觉得有些重，于是我让绵矢放在地上等日野，不过她一个劲儿地说没事。

“我会和真织说的，你放心吧。那这便当，我们就不客气了。对了，你姐姐是西川景子的事，我能和她说吗？”

“你说吧。日野不会到处乱说的。最重要的是，她是我的女朋友。”

“女朋友啊……”

绵矢盯着我，像是要说点什么，又有点难以启齿。

突然，她放松神情，对我说道：“一开始我还以为你们在开玩笑，可我看你最近挺认真的。嗯，没错，不像在开玩笑，你是真的想让真织开心，也许是我之前想太多了。”

绵矢说了一些试探的话，言语中像在问我，是否已经知道日野的病情。

因此，我斩钉截铁地对她说道：“不要对日野说这些。”

“哎，什么？”

“我真的很喜欢日野，也许你会觉得，这不是废话吗？可我是真的、真的很喜欢日野。只要是我能做到的，日野想要什么，我都想帮助她实现。说帮助是不是有些自大了……那就……只要能让日野开心，我什么都愿意做。”

我一字一句认真地说给绵矢听，她一时间说不出话来。

“你为什么不直接和她说？”

“还能为什么？因为我不好意思啊。”

“你会不好意思？神谷，你该不会……”

车站里嘈杂的声音如同波浪一般涌来，一瞬间让我陷入被拉扯住的错觉中。

“你知道真织的事了？”

面前这位叫绵矢泉的女孩子，她的眼睛里满是游移不定的眼神。

想来也对，早晚都会有这么一天。

“对，我知道。”

绵矢直直地盯着我，确认我不是在开玩笑。

“你怎么会知道？真织说的吗……不可能吧。”

“不，就是日野告诉我的，不过我让她不要把这件事记在笔记本和日记里。今天的日野……不知道我已经知道她有记忆障碍的事。”

绵矢有些不知所措。当然，她仍然不知道我和日野是假扮的情侣，也不会知道我们的交往有三个条件。

“这件事，也不要告诉她。”

我笑着搪塞了一下，然后转身走向电梯。

熙熙攘攘中，我成为芸芸众生中的一员，走了很远都能感受到身后绵矢的目光。

7

六月九日（星期一）

清晨在家：没有变化。

学校的班会：说了期末考试的事。外加老师的笑话（无特别需要记述的）。

第一节课间休息：小泉问我星期六去公园约会的事。我没有写

什么特别的，就把日记里写的原封不动地告诉了她。小泉有些惊讶。

第二节课间休息：小泉出去了。大概是去找我的男朋友了。铃木问我放学后的安排，我说有事就糊弄过去了。她好像有些不满。大家聊得很开心。她最近很喜欢看视频直播（在笔记本人物一栏里进行追记）。要想办法挽回吗?

第三节课间休息：我向小泉询问第二节课间她做什么了。她说我的男朋友在糊弄她。真的被我猜中，她去找他了。不过，既然我的日记里什么也没写，多半是小泉搞错了。

第四节课间休息:和小泉说话。我故意说了个冷笑话:“转眼就到六月了啊，可在我看来还是昨天的事。”小泉笑着对我说这是我第二次用这个梗了哟。这个梗我以后要注意（在笔记本人物一栏里进行追记）。

午休：和小泉共进午餐。小泉吃了自己做的BLT三明治（注：以培根、生菜、西红柿为主的三明治）。

第五节课间休息：小泉最近好像迷上了红茶。据说是在没落贵族同学（我的男朋友）家喝的红茶太好喝的缘故。我也想喝。

放学后：去了男朋友班上。他叫了我一声“my honey”，好难为情啊。我问他不是不喜欢吗，他说自己只是试着说说看。哈哈，他也太可爱了。

他说星期六的事要谢谢我，我却表示不好意思，毕竟自己不会做饭。他说他早就猜到了。太……太过分了!

我们商量今天做什么，他提出“做女朋友想做的事”。骑自行车载人、穿着校服在家庭餐厅或者游戏厅约会、卡拉OK、假日水族馆、游乐园……虽然提了各种建议，最后除了骑自行车载人以外都OK(不过去卡拉OK的前提是叫上小泉，他觉得两个人单独相处有些害羞)。男朋友有了一点临时收入。

然后，男朋友说了半天骑自行车载人违反交通规则行不通，最后却决定今天去骑车。我是不是要改一改有关男朋友的情报了?这家伙，挺带劲嘛。

我们在停车场发现了没人要的自行车，不过轮胎漏气了。见我有些沮丧，男朋友对我说:“小意思，日野。男朋友派上用场的时候到啦。”

我有点……不，应该是我吓了一大跳。

男朋友自己修理车胎，我也帮忙了。我们找来剪刀和双面胶，把透明文件夹切成小块。这是要做什么呀?

没想到男朋友就是用这个文件夹修好了车胎。超厉害。

为了不让老师和警察发现，我们挑了一条稍远的乡村道路骑自行车。

男朋友拼了命地踩踏板。好有趣。风很大。我回想起来的时候还是很开心，这就是青春啊。清早起床时的绝望好像不复存在了。

我真厉害啊。我真了不起啊。我和男朋友有在好好地交往呢。

虽然我有记忆障碍，可觉得自己每天都过得这么开心。

我坐在自行车后座有点害怕，仍发出了奇怪的笑声。男朋友也笑了，那傻傻的样子被我拍进了视频里（参照手机里“男朋友”文件夹）。

我们骑了好久好久，最后心满意足地推着自行车回到学校。他问我明天怎么安排。

“我会让明天的日野也过得开心。”

我有些吃惊。难道他已经察觉到我的记忆障碍了吗？不，应该不太可能。我不觉得男朋友认为我哪里不对劲。

我问他为什么这么说，有点怪怪的，他回答说是因为最近和我玩得太开心了。天呀，别对我这么笑，这笑容太犯规了。

明明昨天还是素不相识的人，今天却这么亲密，这种感觉真的很不可思议。

从日记的内容来看，我似乎每天都在体会这种不可思议。

他说，如果明天还想继续骑车也没关系。连续两天他也不会在意。

毕竟我现在唯一的优点就是每天碰上的新鲜事物是真正的“新鲜”。无论多少次，都能把新的事物永远保持在新的状态里，并且乐在其中。

我变得有点乐观了。我的男朋友，今天也谢谢你。

星期六早上，我吃完早饭后开始读最近的日记。最近的内容满是少女气息，看了有些难为情。没想到自己也会有点喜不自禁。

第二天的日记里写着，那一天我也骑了自行车，欢蹦乱跳的。第三天我们还拉上小泉一起，让男朋友骑车载她兜了一圈。我的每一天都过得十分开心，虽然很害羞，但看了日记，我还是忍不住笑了。

我打开笔记本，再次看了标注“男朋友”页面里的内容。随后，我拿起手机，打开媒体文件夹的一览，真的有名为“男朋友”的文件夹，里面全是神谷透同学的照片和视频。

我播放其中一个视频，是星期一录的。

画面晃动得厉害，但能听见我开心的笑声。背景染着黄昏色，所有景致快速地朝我们身后掠过。

正如日记里所写，这是我坐在自行车后座录的吧。

踩着踏板的男朋友时不时回头偷看两眼。随后，我对他说了什么。即使不是视频里的人，也一定能体会我们当时有多开心。很单纯，却又傻乎乎的。

我反复看着视频。这是我亲手拍的只属于自己的回忆，虽然有些笨拙，但让人不由自主地露出笑容。

这时，我突然察觉到，在我心中，有一份感情在静静地涌动。

我无法言说那是落寞还是向往，难以言状的感情在我的心底流淌着。

“今天的我”并不是视频中人，这种感情是淡淡的落寞。而面对笑逐颜开的“昨天的我”时，这份感情变成了向往。

不过，没关系。神谷透，这个看着有些陌生的名字，我相信他会带给我不输昨天的新的喜悦与快乐。

我微微扬起嘴角，调整好心情，做好出门的准备。今天我和男朋友还有小泉，约好了三个人一起去水族馆。

爸爸有些不放心，把我送到附近的车站，然后我坐上电车去往市中心。电车到站的时间刚刚好，我提前五分钟赶到了约定的地点。

醒目的钟塔下，小泉手持野餐篮在那里等候。

“咦，瞧你这样，是刚从森林里的老奶奶家跑出来的吗？”

我看着野餐篮，忍不住逗了逗她。换作平时，她会立刻接过话茬和我逗乐，可这会显得有些紧张不安。

“啊……嗯，其实是这样的啦，我身上藏着刀，如果大灰狼一变身，我就杀它个片甲不留。”

“你说的鳞甲，可是大灰狼的毛皮？”

“对啊，我要抢占今年冬天的流行趋势。”

我们像说相声似的，你一言我一语逗着乐，但我仍有些疑虑。

是身体不太舒服吗？这会的小泉，看上去有些心不在焉。

我突然发现，她手里的野餐篮与照片中男朋友手里的那个有几分相似。

“哎，这篮子是不是我男朋友的？”

“啊，嗯。”

小泉有些犹豫，和我说明了实情。

“其实……神谷刚才还在，但他家里好像有点事。”

小泉噼里啪啦说了一堆。如果我没记错的话，西川景子是男朋友喜欢的一位作家。

“这样啊，原来是他姐姐啊。我对纯文学不太了解，她很有名吗？”

“是今年芥河奖最有竞争力的候选人。”

“哎，真的吗？”

小泉恢复了平常的模样，认真地回答着我。

“我是这么认为的啦。你看这次成为芥河奖候选人之后，她的书就马不停蹄地出版了，之前的书反响也很好。这本说的是自己和世人之间的隔阂——”

小泉兴致勃勃地评价着这部作品。无论对人还是对己，小泉一般都不怎么说好话，可连她都对这本书赞赏有加，看来是相当出众了。

只是我没想到，写下这样一部作品的人，竟是男朋友的姐姐。

“我好好奇啊，她是什么样的人？有照片吗？”

“一张也没有。获新人奖时，杂志也没刊登她的照片，估计是本人很不喜欢吧。我也很在意，刚才还去看了一眼。实话实说，她和神谷长得一点也不像，是个酷酷的美人。签售会会场里可热闹了，如果她今年真能获奖的话，肯定很轰动。”

“原来如此。男朋友的姐姐是酷酷的美人，和我们小泉一样。”

“真织，拜托你了，你可千万别往笔记本里写。”

既然男朋友临时有事，我们决定先动身去水族馆。

我本想看一眼这位大名鼎鼎的姐姐，不过一想到会场人头攒动，只好作罢。

乘坐十五分钟地铁后，我们到了水族馆。我上次来是初中时的事了，和小泉一起来还是第一次。

我提议要不要先吃便当，小泉说先去馆内随便转转。我们轮流提着装满便当的野餐篮，一边走，一边欣赏水族馆里的鱼。

终将消失的记忆，不被保留的记忆，真的有其意义吗？

一瞬间，我的脑中浮现出一点点哀愁，但很快被各色鱼儿自由地在水中畅游带走，我仿佛被它们治愈了。

“啊，我看到了。”

我们各自欣赏着鱼。这时，小泉似乎发现了什么。

我们视线的前方，是一条像鸟一样展翅在水中游弋的灰色的鱼。

“鳐鱼？小泉，你喜欢？”

“嗯，虽然没说过，但我可喜欢鳐鱼了。”

我本想开个玩笑逗逗她，见她那么认真，便没有开口。不过，我有些好奇她喜欢的原因。

“是吗，那你喜欢它什么？”

“那种优雅的泳姿，就像海里的绅士。”

小泉像孩子一样，把脸贴在水槽上观赏鳐鱼，自言自语道：“肯定有人会说，你说话的口气也太像一个人到中年的老父亲吧。我倒是觉得，我还挺像我爸的。”

我很珍惜她。虽然她总是一副若无其事的样子陪着我，可摊上一个有记忆障碍的朋友，总归是件麻烦事。

日记里写了，小泉曾这样对我说过：“我做的都是我能做的、我想做的，你就别放在心上了。等有一天，我烦了，不想做的时候，自然就不做了。”

眼前这位心善又美丽的少女，总是处处为我考虑，关怀备至，偶尔也会故意说出上面那样的话，为的是减轻我的心理负担。

我们简单转了转，然后找了一个宽敞的地方歇脚。我们坐在长椅上，打开野餐篮。即便过了饭点，我还是打算品尝一下男朋友亲手做的便当。

装着三人份便当的野餐篮很有分量。到底是男孩子，男朋友一路拿着，竟然一点儿都不觉得重吗？

打开一看，我们更是大吃一惊。

“哇，神谷也太讲究了吧。”

“真的，这个比上周的还要厉害，我先拍张照片。”

最先抓住人眼球的就是色彩缤纷的什锦寿司饭，饭上的配菜码放得整整齐齐，像极了男朋友那一丝不苟的做事风格。精心煎过的鸡蛋被切成细长的蛋丝，还有腌制的金枪鱼片，正宗得让人怀疑是不是买来的。油菜配着白芝麻，营养均衡。为了方便，他还准备了筷子和一次性餐盘。

拍完照，我们迫不及待地拿出来品尝。因为加了很多配料，每吃一口，配料与醋饭都像是在口中翩翩起舞，每一次咀嚼都是一种享受。

小泉把我们拍的照片发给男朋友，可惜没有得到回信。

篮子里还有水壶。将水倒进杯子里，一阵清爽又浓郁的果香扑面而来。这就是日记里提到的伯爵夫人茶吧。

“这个味道，总觉得很熟悉。”

我喃喃自语道，小泉则陷入了沉思。

“记忆和香味的关系……原来如此，气味会留在大脑里啊。”

“但我也不确定是因为他泡的，还是因为更早之前我就喝过。”

寿司饭美味十足，再加上逛了半天肚子又有些饿，我们一边聊天一边享受便当，一不小心全部吃完了。

吃完便当，我们又端起红茶。

这时，耳边传来孩子的欢闹声。放眼望去，远处一个孩子拉住母亲的袖子，父亲微笑地看着二人。

突然，一句话从我口中冒出，连我自己都没有想到。

“再过十年，或者二十年，那时候，大家早就结婚了吧？”

我仍然望着幸福的一家人，但察觉到小泉把目光转向了我。

“我能像普通人一样成家吗？”

“怎么了？怎么突然说这个？”

“抱歉，我就是在想，我的病到底能治好吗？我有一点点泄气。”

我笑了笑，试图掩饰尴尬。

小泉静静地凝视着天空。

“原来如此。不过，我应该不会结婚，也很难结婚吧。船到桥头自然直，还是先享受眼下的每一天吧。”

也许是顾虑我，小泉用毫不在意的语气回应我。

我可不这么觉得。不管是异性，还是同性，喜欢小泉的人大有人在。只是，她表面上与他们正常来往，却很少真的与人交心。

是和不住在一起的父亲有关吗？

我不敢乱想，又不好意思问，于是开了一个玩笑。

“你说的享受每一天，是和我这个‘万年高中生’一起享受吗？”

“妙啊，实在是妙，你还是第一次说这个笑话。”

“谢谢你，小泉，一直陪着我。”

“我都叫你别放在心上了。”

“是啦是啦，你是因为喜欢才自愿为我做这么多的。等你厌烦了，你就不陪我了。”

“哇，是哪个别扭鬼和你说的这种话哟。”

当我们收到回信，男朋友出现在我们眼前时，已是太阳西斜的时刻。

“对不起，真对不起。今天没能遵守约定。”

我们在水族馆外面的长椅附近会合了。

我目不转睛地盯着这个“初次见面”的人，他喘着粗气，像是从车站跑过来的。

“其实你不用这么着急。”

听我这么说，男朋友一边调整呼吸，一边回我：“日野，真是对不起。绵矢也是，不好意思啊。”

小泉不说话，只是看着他。过了一会儿，她无奈地叹了一口气，说道：“算了算了，我心胸宽广，这次就原谅你了。”

“那心胸狭窄的我，想让男朋友再补偿我一次约会。”

我半开着玩笑，男朋友终于有些放松了。

“好啊。日野，那等下次三个人都有空的时候，我们一起去游乐园玩吧。门票的话，我帮你们出一半。”

能去约会，比有人为我们掏钱更让我开心。我没忍住，不客气地说：“哎呀，这么大方呀。”

“哈哈，出一半啊，还真像神谷会做出来的事。不过，你不用太在意请不请客这种事。”

为了不让父母担心，我不能回去太晚，于是我们朝地铁站走去。

“啊，对了对了，今天的便当也超级好吃。谢啦。”

我把野餐篮还给男朋友。他从我手中接过，对我微微一笑，看着竟有些不真实。

一路上，我们三个人在电车里开心地聊天。

不知为何，虽然我与男朋友只说了一会儿的话，可这短短的时间让人不可置信般地宁静、安心。

8

西装女子提到的咖啡厅位于商业楼的最顶层。

我的座位紧挨着窗边，可以俯瞰整座城市。我从没来过这种地方。

在等待姐姐的时候，我略带紧张地点了一杯红茶，随手打开西装女子给我的书——这是我以前在杂志上看过的作品。

见到了姐姐、对着绵矢忍不住说我已经知道了一切、为了和姐姐见面取消了与日野的约定，各种情感与思绪糅杂在一起，让我无法平静，怎么也进不去小说的世界。

为了打发时间，我逼自己看起书来，不知不觉间进入状态了。

也不知……不知是过了多久。对书的专注让我忘了时间，当我猛地抬起头来时，姐姐已经坐在对面的位子上了。

“透，你是不是瘦了？”

简单、优雅、温暖，对我来说，姐姐就是这样的人。她穿着一件蓝色衬衫，款式不复杂，却有几分高雅，衬得她一头黑色长发格外迷人。

面对许久未见面的姐姐，我不知说什么好，姐姐则自然地与我搭话了。我有些想哭，最终还是故作镇定地笑了笑，尽可能找话回应她。

“我也不知道啊。平时很少称体重，也不知道瘦没瘦。不过，我觉得好像长高了。”

表情没什么变化的姐姐突然微微一笑，说道：“对了，有句话我一直想找机会说说看。现在能说吗？”

姐姐还是老样子，说话前总爱铺垫几句。

“好啊，是什么？”

“才一会儿没见，你就长这么大了。一沉迷在书里，周围的一切就像是看不到了似的，这点倒是从没变过。”

这句台词像是旧式小说里的登场人物说的，让我有些哭笑不得，可这样的语气又不免令人心生怀念与触动。

姐姐很自然地说出这句话，倒也没什么怪异的感觉。只是，这种感觉久违了。

“姐姐你也没变。”

“哎？”

应该是刚来没多久的时候，姐姐就向服务员要了红茶。

时隔一年半的再会，我们之间的氛围更像是昨日故人轻轻道别，今日又相逢。

“你是碰巧到那家书店吗？”

我被问住了，不知道该回“是”还是“不是”。

“嗯，今天……有点事。因为时间充裕，我就想着去书店逛一逛。结果看到西川景子的签售会，还挺意外的。”

“是吗？你提着篮子是要去哪里？”

姐姐像是已经看穿了什么，我有些慌张。

“哦，等下……要和学校的朋友……不过我这边没事。”

“女孩子？”

“啊……嗯。”

“透也长大啦。不过，那边放着不管真的没关系吗？抱歉，让你等我这么久，害你把自己的计划都打乱了。”

“没事啦，我也正好想和姐姐说说话。对了，那本书……”

失约也有我的责任，于是我把话题转向这本正在发售的书上。

姐姐告诉我，这本书出得很赶，因为书腰印着“芥河奖候选作品”，所以销量一下子大增。据说出版社还在网上做了很多宣传，炒起热度，这才有那么多人蜂拥去签售会。她也没想到今天会有这么多人来。

“原来是这么回事，姐姐你太厉害了。在杂志上看到你是候选人的时候，我特别高兴。你的梦想就快实现了。”

姐姐听我这么一夸，淡淡一笑。

“能不能获奖还不一定呢。再说，比起获奖，更重要的是我写作的手不能停下来。绝大部分人只能入选，最终并不能获奖。我既然立志走小说家这条路，无论怎样都要不停地写下去。”

稍作停顿后，姐姐继续说道：

“只不过，这样的路是以牺牲家人，牺牲透为代价的。”

面对口吻中略带自嘲的姐姐，我说不出话来。

自从体弱的母亲因心脏病去世后，家里的大小事务都由当时还在上初一的姐姐操持。父亲因为母亲的事备受打击，而我刚上小学一年级，帮不上家里任何忙，仿佛一个沉重的包袱。

姐姐从打扫卫生到洗衣服、做饭、倒垃圾，还要照顾我，即使是放了学，也忙得焦头烂额。

那时候，姐姐唯一的乐趣就是在做完所有家务后读上一本小说。爸爸年轻的时候就立志书写，家中堆满了他的旧书。姐姐也跟着读了一本又一本。

有一天，姐姐对我说："你知道吗，对我来说，书与其说是拿来阅读的，不如说更像是一个值得造访的圣地。"

我不知道姐姐是从什么时候开始写小说的。我唯一知道的是，在我和父亲早早入睡的日子里，她总在偷偷地写些什么。初三时，她的作品被选为地方文学奖的佳作，但她从来没有告诉过父亲这件事。失去母亲后，父亲一直试图重新站起来。她这样做，也许是害怕刺激父亲吧。

父亲是个不可救药的胆小鬼，靠着写小说，才勉强找到活着的意义。

从上高中到毕业，姐姐从没停过笔。高中毕业后，她成了生产汽车配件工厂的职员。

姐姐本想考公务员，无奈的是，周边的职务部门近几年都不招高中毕业生。

姐姐一边工作，一边与父亲共同维持家计。写小说的时间虽然少了，但她一直坚持写作，还报名参加了父亲一直投稿的《文艺界》的新人奖。六月投稿的作品最终进入了十月的决赛。

获得新人奖有如手握一把钥匙，可以打开芥河奖的大门。很少有十几岁的孩子能走到这一步，说是壮举也不为过。

虽然最终没能获奖，但姐姐有了属于自己的责任编辑。编辑为姐姐助言不少，尽管姐姐能用在写作上的时间十分有限。

早上早起做家务，白天去工作，晚上回家准备晚饭，偶尔还要陪伴父亲，有时一天甚至抽不出一个小时用来写作。尽管如此，姐姐也从未在家务活上偷懒。

姐姐曾这样说过："家务活是妈妈嘱咐我做的，真要说起来，写小说才是没用的。"

每逢休息日，姐姐在空闲时间倒头就睡，醒来就做家务，偶尔还会去图书馆。现在想来，她是去写小说了吧。

我与姐姐相差六岁，这时已经上了半年初中。虽然有社团活动，但偶尔还是能帮姐姐一点忙。

曾经有段时间，姐姐想放弃做小说家。父亲不在时，我听见姐姐在电话里与编辑起过争执。我没想到，永远做事滴水不漏的姐姐也会有感情用事的时候。姐姐对着电话那头大声说："有才能有什么用，我不能给自己的家人添麻烦。"

直到现在，姐姐挂掉电话时的背影还刻在我的脑海里。她抱着双臂，低着头，像是对一切感到绝望……

"继续写吧，姐姐。"

听见我说话，姐姐吓了一跳。我望着她瘦削的背影，直到她慢慢地回过头来。

“透……不，算了。我不写了。”

我能听出，姐姐的语气中充满了不甘心。

“不能算了，家里还有我呢。我会一点点帮忙做家务活的。”

“真的，算了吧。”

“不可以。”

“透，你怎么了？”

“姐姐，我做错事时你总会说我，现在轮到我来说你了。你不能就这样轻易放弃。听我的吧，成为小说家不是你一直以来的梦想吗？”

姐姐无言地盯着我，我不管不顾地继续说道。

“对这个家，你已经尽力了，没必要继续留在这里。照顾父亲的事，就交给我吧。”

如果说在自己渺小的人生中有什么值得一提的地方，就是那天我说的那句话吧。谁能想到，当时的我还只是一个小学毕业才半年的孩子。

我眼眶有些发热，泪水一滴滴滑落。我其实怕极了，害怕姐姐从眼前的生活中消失，可没有什么事比支持姐姐更重要。

姐姐耷拉着脑袋，踌躇了好一会儿才抬起头看我。

“好吧，我们一起加油。我答应你，不会放弃写作……好吗？”

从那以后，我向姐姐学习做各种家务和烹饪。要特别重视卫生感，这可以算是姐姐做家务时最在意的事情了。

晚上六点左右，我结束社团活动回家，会给姐姐帮忙。

姐姐由于工作忙，在我刚能记住家里事情的时候就早早地退出了社团。放学后她去超市，回到家就一个人准备饭菜。我们到家时，浴室也已经清洁完毕了。

父亲回家后，姐姐从容地安排父亲吃饭，洗澡。

那时，盼着姐姐回家是我最引以为傲的事。

就这么过了一年，我自己慢慢摸索，学会了做大部分的家务活。姐姐的负担因此减轻，休息和写小说的时间也增加了。

家里只有一台电脑，是父亲的。姐姐因为工作偶尔会用，可小说都是手写的。我也受到鼓舞，在学校里发奋读书。

然后，在宣告冬天结束的那一日，我顺利考上了自己喜欢的高中。

清晨，姐姐早早地起床准备着什么。父亲还在睡觉。那会，我和父亲住同一个房间。

后来我才知道，在我读初三的时候，姐姐就慢慢地做着辞职的准备了。

那一天，我躺在父亲身边，望着天花板发呆，心中静静地领悟着离别的滋味。

为了不吵醒爸爸，我从被窝里爬出来，叫住在门口穿鞋的姐姐。

“你要走了？”

坐着的姐姐慢慢站起来。她回过头，用无比清澈的眼睛盯着我。

“透……”

我已经不是当年的小孩了，无论多悲伤也只会把眼泪流往心里。

我对眼前的人说了一句送行的话：“路上小心。”

听完我这句话，姐姐拿起行李。

“嗯，我去了。真的……对不起。”

“我们才应该道歉，是我们剥夺了姐姐的才能和时间，对不起。”

“别这么说。以后，你可能要辛苦了。”

“和刚上初一就辛苦到现在的姐姐比起来，这算不了什么。路上小心，西川景子。我支持你。永远，永远。”

“谢谢你，透。”

那一天，姐姐从再熟悉不过的小区飞往外面广阔的世界。

大约半年后，一位名叫西川景子的新人作家的作品获得了《文艺界》新人奖。一年半后，她又凭其他作品入选了芥河奖的候选名单。

从姐姐离开到现在，才过了一年半的时间。我想否定姐姐所说的“牺牲”这个词。

“我不觉得是牺牲。从前，姐姐一直没能做自己想做的事，现在终于能做了，我为你高兴。姐姐，真的恭喜你。”

姐姐一直羞愧地低着头，听到这句话时，终于抬起头来。

她踌躇片刻，淡然地笑了。

“谢谢。你看起来瘦了一点，不过挺有精神的，我就放心了。本来，无论能否得奖，我都以为我们会在芥河奖公布之后才见面呢……”

“你今天不去看看父亲吗？”

“我觉得还是不去为好。不管怎么说，我现在还处在半吊子的状态中。”

我忽而想起父亲写小说的背影。父亲一直梦想成为小说家，与此相对，姐姐已经成为小说家。然而，他对这些还一无所知。

“父亲还想当小说家吗？”

姐姐应该没有看穿我的想法，但还是担心地问出了这个问题。

“嗯，现在还在写，有时还会借故请假不上班。别聊他了，多和我说些你的事吧。”我试图不去想父亲。

之后，姐姐与我说了许多。

我一直问个不停，姐姐耐心地回答我。她离开家后在东京的书店打工，闲暇时一心一意地写小说。陪她参加签名会的正是一直以来很看重姐姐的责任编辑。

“说说你自己啊。透，你有喜欢的女孩了吧？”

“哎？”

我快速地回想着在这短短一年半的时间里未曾改变的东西，以及已然变样的东西。

日野天真无邪的身姿与笑声，认真凝视着我的眼神，都在我的脑海里闪过。在我和姐姐聊着天时，我总是时不时想起她。

姐姐好像察觉到什么，笑了笑。

我冷静又痛彻地感受到，我有了比姐姐更为重要的人。不，是与姐姐同样重要的人。

“我……现在有在交往的恋人。不过说起来，我们更像是朋友。”

“是吗？朋友不也挺好的。”

姐姐一副早就知道的样子，立刻答我，转而又有些惊讶。

“那个女孩患有一种记忆障碍的病，叫顺行性遗忘症，睡着后大脑会开始整理记忆，删除一天的记忆。”

姐姐沉默了一会儿。换成任何人也不会想到自己的弟弟会和有这样症状的女孩子交往。

姐姐认真地面对我问道："你真的喜欢她吗？真诚的，发自内心的那种喜欢。"

"嗯。和她待在一起我很开心，我也想让她每天都过得快乐。她每天都会写日记，我希望她写下的全是快乐的回忆，然后通过读这本快乐的日记积极地朝前走。"

我说到这里，姐姐闭上了眼睛。再睁开时，她瞳孔中带着几分柔和，关切地对我说道："谢谢你告诉我这些。这么说可能有点做作，但我衷心地祝愿你们俩之间能收获许多让人快乐的回忆。"

"谢谢你，姐姐。"

我说完，姐姐微微一笑，拿出我没见过的手机。

"平时还是需要手机，我就买了一部。我们互相记下号码吧。"

我也拿出自己的手机，犹豫再三后用西川景子这个名字把姐姐的号码加进了通讯录。

姐姐拿着手机，低着头，也记下了我的号码。

"父亲的事都交给透了，我真的觉得很抱歉。如果有什么困难，千万别藏着，记得告诉我。"

"嗯，谢谢。对姐姐来说，现在是最关键的时候。我们的事没关系，你别放在心上。"

姐姐对我会心一笑，说道："你现在变得太可靠了。"

我不说话，也笑一笑。

姐姐继续说："不过，真好啊。透也有了对自己来说很重要的人。

记忆障碍不可能轻易治好，你要好好珍惜她哟。”

姐姐关切地盯着我。每当我与姐姐在一起时，总会有种有些温度又有些柔软的东西，仿佛空气或水，隐隐约约地在我们之间静静流淌。

我希望这份感触也能化作思念，传达给其他人。

“嗯，我会的。珍惜还不够，我一定会努力让她过上想要的生活，我一定加油。”

我站起来，想伸手拿账单，却被姐姐阻止了。

“行了，这点钱还要和我抢啊。”

“可以吗？那我不付了。”

“嗯。很快，一切就会尘埃落定，在这之前，父亲就拜托你了。”

我们一起走出咖啡店。姐姐的编辑在一楼大厅等候，我们互相打了声招呼。原来明天在别处，姐姐还有另一场签售会。于是，我和姐姐彼此笑着与对方道别。

随后，我掏出手机，给绵矢回信。记姐姐的号码时，我注意到绵矢发了邮件。我回复她等会在水族馆外的长椅上与她们二人会合。

乘上地铁，到达离水族馆最近的车站时已近黄昏时分。

无论你我，每个人或多或少都在面对各种困境。可此刻，只有此刻，它们仿佛变得不存在了。

我不再是无助的孩子。我不再是曾经那个一无是处的自己。人生这条路上，我已经可以站稳，用自己的双脚走路了。

想见的人就在那里，我要奋力跑向她的身边。

我再也站不住，拼了命地向前冲。

我想起日野的脸庞，这让我全身暖洋洋的。

我用力跑着，心脏也跟着快速跳动。一瞬间，一阵仿佛心脏被勒紧的痛楚袭来。

我踉跄了几步，还好没有摔倒。也许是没吃午饭，又突然跑起来的缘故吧。想着自己的荒唐，我笑了。荒唐又何妨，这样就好。

有一个她，我忍不住想快点见到，有许多话想笑着和她分享。

每一步，只为奔向她。

我又跑了起来。那是我心中一股蓄积已久的，强烈的冲动。

9

与日野交往已经过了三个星期，期末考试也在慢慢临近。

放学后，我和日野一起待在图书馆里。

既然是学生，考试总是少不了。只不过，现在的日野无法存储学过的知识，所有的记忆都只留存于当天。

我重新思考着这件事，望向日野。她正对着笔记本摆弄手中的笔。

“怎么了，透同学？”

日野察觉到我的视线，抬起头来。

“没什么，只是觉得你今天有点安静。”

“因为在图书馆啊。”

“没关系，你多说点话嘛。”

“哎，别纵容我啊，我会忍不住说个不停的。”

日野有些羞涩，我情不自禁地对她笑了。

刚刚我在教室里问日野今天打算做什么，她提议不如一起学习。放学后一起学习——这也是她曾经提过的想做的事之一。

于是，我们一起前往图书馆，相对而坐。日野时不时朝我这里窥探两下，然后鬼鬼祟祟地在本子上画些什么，手势明显不像在写字。更何况，她面前只有笔记本，连教科书都没打开。

我有些好奇，忍不住探身看了一眼笔记本。

日野顿时慌了手脚。

“哎，别看！”

她的笔记本上画着一个毫无突出之处、相貌平凡的青年，也就是我。

“你很悠闲嘛，日野。”

我坐回自己的椅子，日野看着我笑，企图蒙混过关。

“不不，你看啊，学习之余，偶尔爽一爽也是很有必要的。”

“你想爽什么？分明什么都还没做。”

“嗯？我的男朋友，你刚才是不是说了什么不对劲的话呀？”

“我没有。不过……你画画很厉害。”

日野乱开玩笑，我不知道怎么接茬，只好换个话题，不过夸奖是发自肺腑的。

虽然我只看了一眼，但能看出笔记本上的画不像是外行人画的，有一些绘画的底子。莫非日野以前学过画画？

“画得这么好，难道你学过吗？”

我一问，日野就像刚回忆起什么似的，说道：“哦，我忘记和你说啦。初中时我是美术部的成员，还被选去参赛了呢。”

“真看不出来。”

“哇啊，你这个人不太会聊天呀。”

“开玩笑的。看得出来，看得出来。”我笑道。

一番打趣后，日野让我看了她的画。

看到自己出现在画中，我不禁有些害羞。然而，比害羞更强烈的，是我的佩服。

这算是人像画吗？日野的画看上去确实像美术生画的，笔法一看就是内行人。

“我上高中就放弃了，只是刚刚手痒突然想画画罢了。”

“是这么回事啊，画画……”

没能实现水族馆约会的第二天，也就是星期天，我突然起意想查一查有关日野记忆障碍的事。趁着父亲出门散步，我借了他的电脑上网。

查询之后，我得知人的记忆可以大致分为“短期记忆”和“长期记忆”两种。

一方面，所谓的“短期记忆”，指的是短时间里保存的记忆，就好比只在打电话时记住号码。

另一方面，“长期记忆”指的是我们为了不忘记某些东西而反复回忆，并固定在脑海中的记忆。复习考试就是其中一个例子。

顺行性遗忘正是“长期记忆”无法固定的症状表现。话虽如此，但并不是所有的长期记忆都会消失。

“长期记忆”又可以分为两种，分别是“陈述性记忆”和“程序性记忆”。

和字面意思一样，“陈述性记忆”指的是可以记录的记忆，例如知识。它能提醒我们昨天的自己做了什么，因此通常所说的记忆大部分都属于“陈述性记忆”。

而我更在意的是后者——“程序性记忆”。它往往无法用言语去表述，也很少需要意识参与。

举个简单易懂的例子，比如骑自行车。

骑自行车大多数都靠感觉。左脚，右脚，左脚，右脚。机械地重复，无须逻辑。即便失去一天的记忆，这份感觉也牢牢扎根于身体中，不会消失。

虽然没有详细地调查，可日野现在画画的行为是不是能被归类为“程序性记忆”？

我像是发现了什么，将笔记本还给日野，难掩兴奋地继续说道：

“你能有一技之长，或者什么兴趣爱好，真好啊。”

“是吗？不过我也不算画得特别好。”

日野有些谦虚，不过还是很开心自己受到了肯定。

“我只会瞎读书，所以很向往你们这样的。再说，画画就和骑车一样，一旦学会就不会轻易忘记，想重新画的时候再拿起笔就行。”

“啊？嗯……是这样吗？”

日野被我突然的发言吓了一跳。我假装不知道日野有记忆障碍，故意炫耀自己懂得很多，和她说了有关“短期记忆”和“长期记忆”的事。

我还说，学画画，掌握技巧固然重要，可身体的感觉，也就是“程序性记忆”也发挥着举足轻重的作用。画会越画越好，是因为身体记住了那种感觉。

日野听完我的话，顿时变得有些心不在焉。

我有些担心，忍不住问道："日野，你没事吧？"

"抱歉，我在想你说的话。原来是这样啊，程序性记忆……"日野这么说着，又露出了若有所思的表情，然后小声地问我，"程序性记忆不会消失吗？"

"失去记忆的人会不会忘记骑自行车呢？"

我大胆地抛出这个比较危险的问题。日野听了，陷入沉思。

"我觉得，应该不会忘记。"

"对啊，就是这么一回事。"

"明白了。"

"嗯。"

"这下我明白了。"

不一会儿，表情原本有些纠结的日野一瞬间像是豁然开朗了。她的表情像在窃笑，又像是一种突然海阔天空的豁达感，想要隐藏的喜悦满满地写在脸上。

那之后，我们并没有做什么特别的事。我写完了作业，日野一直在笔记本上画画。

在去车站的路上，我好奇地问她："今天就这样了？感觉都没带你做什么开心的事。"

"不不不，完全没问题。我有了一个可以说是小小的，也可以说是大大的发现。再说了，能画男朋友的脸还不算是开心的事吗？"

大大的发现？

虽然只是我无意中说出的想法，可只要日野的日常生活能有一丁点的变化，我就满足了。她能将画画作为习惯，让自己每天都快乐，那就行了。

说到底，人的内心世界是最强大的。

我一边这样想，一边在嘴上编织无关紧要的话。

“不过说真的，你还是别画我的脸啦，太不好意思了。真要画的话，去画绵矢好了。绵矢的脸很匀称，很漂亮。”

“哦？”日野假惺惺地摆出沉思的姿势，“言下之意，我的男朋友喜欢小泉那样的长相。”

“不，我可没这么说啊。”

之后，日野一直拿这件事打趣我。

直到第二天我才知道，日野似乎会受到日记的影响，就和骑自行车载人那段日子一样。

那一天，日野仍然提出要去图书馆学习，依旧画了我的脸。

就这样，经过这样那样的事情，周末很快过去了，我们正式进入复习周。

日野也会参加考试，但只是走个形式，没有任何实际的意义。

复习周中间，我们加上绵矢，常常三个人一起学习。日野一直遮遮掩掩地在笔记本上画素描，连绵矢也发现日野最近突然对画画产生了兴趣。

她得知日野变成这样是出于我的提议后，上周在换教室的路上，大力地拍了拍我的后背。

谁能想到，这一拍竟然是绵矢对我的嘉奖。绵矢，真有你的。

我转身一看，只见绵矢笑得有些耐人寻味，手还继续放在我的背上。

“为什么你从真织那里知道了记忆障碍的事，还非要隐瞒呢？”

日野不在，和绵矢聊几句严肃的话题倒也无妨。

“是日野不想别人知道。既然如此，就没必要特意挑明吧。”

绵矢将信将疑地看着我，像是要辨别这句话的真伪。

这么一想，我正好可以借此机会告诉绵矢我的决心。

“其实，日野解释过为什么不想把记忆障碍的事告诉同班同学。”

“哎……”绵矢听了，特别吃惊，说不出其他话来。

我继续说道：“我大概能体会日野的不安与恐惧。是啊，谁能不害怕。这世上可不全是好人，反正记忆只有一天，无论别人对你做什么，第二天都会忘得一干二净。如果有人想借此欺负日野，岂不是轻而易举？毕竟第二天她什么都不记得。”

我说到这里，绵矢像是有些紧张似的绷紧了身子。

“那……那神谷你能保证，不会对真织做那样的事吗？”

“我当然不会啊。不过，我在我们班人缘不太好，也真的被人骚扰过。自己的男朋友本来就有点不靠谱，如果他再得知自己记忆障碍的事，恐怕日野每天都会活在提心吊胆中吧。”

我不知道日野在日记中是怎么记录我这个人以及我们是如何开始交往的，不过她应该写了一开始的告白并不是出于真心这一点吧。

绵矢不知道我和日野的情况，这也可能成为某种不安的因素。

“所以你才不说？”

“对。”

有时我很羡慕绵矢，作为知晓日野记忆障碍的人，可以时常陪伴她左右，支持着她。

然而，我和日野以前并不认识。也许在放学后，我们会各自做着差不多的事，可那不一样。如果只是如此，我和日野根本不会相识。我们相隔甚远，根本不会靠近彼此。

这时，绵矢说道：“我还以为你们很快就会分手。其实我到现在还是这么觉得。”

嘴上不饶人的绵矢自己也忍不住笑了笑。

“不过……嗯，听了你刚才的一番话，我好像有点明白你了。万幸啊，你不是一个坏小子。不过神谷，你是不是背负太多了？虽然你没怎么说过，但姐姐的事是不是也有些难言之隐？你千万别突然累倒了啊。”

我听着这句算不上是认真也算不上是玩笑的话，若无其事地笑了笑。

“真到了那个地步，以后的事情就交给绵矢了。”

“哦？代替你吗？你别说，我的身上还真有点宝冢歌剧团男役的气质。”**（注：宝冢歌剧团是团员全部为未婚女性的歌舞剧团，男角亦由女性扮演。）**

“我看日野更适合男役吧。”

“我不想看到你的女装造型啊。”

自那以后，我和绵矢就再没聊过什么严肃的话题。只有出现了搞不定的情况时才会互相联系，在日野面前，我们俩还是一如往常的样子。

这天，在放学后的图书馆，绵矢对试图画自己的日野提出了抗议。

“真织，画我没关系，但你能不能别皱着眉头画啊？”

“哎呀，我只是多确认了几遍。你的脸真的很端正，我真是羡慕嫉妒恨啊。”

“真是的，你在说什么呢？真织的男朋友，你倒是说几句啊。”

绵矢把话茬抛给我，我也不甘示弱。

“我觉得日野也不差。”

“真的吗？被我迷住了？”

“是啊，超喜欢你的！”

“哇啊——好高兴呀——”

“你们俩还能再假一点吗？”

时间就在这样的日常中不断地向前走。这时，我猛然想起一件事：漫不经心的学校生活即将结束，暑假眼看就要到了。如此一来，日野会变成什么样呢？

一大早醒来，她会得知自己有记忆障碍的事。接着阅读笔记本，慢慢接受自己的状态，接受时间到了白天也不用去学校的暑假。

日光之下，面对大把的时间，她又会想些什么呢？

在这种时候，有一个能慰藉心灵的爱好也是好的。

选定一个题材，说不定可以通过画前一天未完成的画串联起“昨天”的自己和“今天”的自己。

在这样的状态下也能完成某件事，这种经验对日野来说应该很有益处。

这周的周末我本来想带日野去游乐园，因为是复习周所以推迟了一周。上周，日野自己有些事，说得含糊不清，貌似是一个月一次的医院检查，而且我们小区也有社区活动。结果，自水族馆以后，我已经连续两周没能实现与日野的约定了。

时光荏苒，七月到了。

这是第一学期的期末考试，考试要进行五天。其间，我们三个人仍然结伴去图书馆学习，日野还是好奇地看着我，在笔记本上悄悄地画素描。我忍不住想说点什么，想了半天还是决定做一个不说话的安静模特。

就这样，考试结束，等待已久的星期六终于来了。

我们一起去了游乐园，日野和绵矢拉着我坐了三次过山车——第一次去游乐园就给我留下了可怕的印象。

日野见我很难受，不停地问我要不要紧。于是，我说了连自己都没想到的话。

“没关系，不用管我。能这样和日野一起挑战新的事物，我既开心又新鲜。因为我想一直让日野开心，所以……”

二人一脸不知所措地看着我，让我有点心慌了，急忙问道：“哎，你们怎么了？”

绵矢挠着脸颊回应道：

“哎呀，神谷，你怎么能面不改色地说出这种肉麻的话啊。”

日野听了，脸有些泛红，赶忙提议找个地方吃午饭，总算是搪塞过去了。吃完饭，我们又在游乐园来回转了转。当天空泛起橘色时，我们的话题已经聊到了暑假。

绵矢也在精英班，不知道是不是因为要开始准备考试了，她好像在故意避开暑假的话题。

我猜她是在顾及日野吧，不想把自己的暑假说得丰富多彩，就假装发牢骚，说自己除了帮母亲干活和读书之外无事可做。

我也没什么爱好，于是顺着绵矢的话说自己的暑假也差不多。

“日野呢？会不会继续画画？”

日野原本没参与我们对话，听到我问她，就点头说有这个打算。不一会儿，她又小声嘟囔：“这就到夏天了啊。”

对日野来说，昨天还是春天，早上醒来时，时间不知不觉来到夏天。这样的心情怕是用惊讶来形容都还不够，更像是多了一些寂寞。

气氛又逐渐转向沉默。这时，绵矢突然说：

“不过，身边有个人还是好啊，小情侣再怎么说也可以出去转转。”

我也赶紧说了一些快乐的事，试图打破这沉闷的气氛。

“我们三个人也可以一起去各种各样的地方啊。可以去看庙会，也可以放烟花，让我们一起尽情享受夏天吧。”

黄昏带来几丝黑暗，也带来几丝忧愁。

日野停下脚步，眼神从远方回到我身上。

“是啊。”

她淡淡地笑了。

夏天，已经悄然来到了眼前。

只此一次的夏天

1

八月四日（星期一）　暑假

清晨在家：没有变化。

白天在家：素描。作为暑假的目标，我在想要不要设定一个具体画多少张的计划。明天的我又会怎么想呢？总之，今天完成了三张静物画的简单素描。

今天的男朋友：四点我去图书馆时，他在学习室里看参考书。我和他聊了聊天。

学习的间隙，男朋友好像为我找了一些美术类的书。他向我推荐了几本，还贴心地为我概括了重要的地方。

要提升画画的技巧有各种各样的方法，据说其中很重要的一种就是快速作画法。

通过快速描绘作画对象，让思考跟不上手速，以此最大限度地引导出感觉，这种手法通常被称为“速写”。与画静态物体的素描不同，速写通常描绘的是能动的对象，比如人。

我想了想：锻炼感觉，很适合现在的我。

初中的美术老师也曾说过，速写的练习很重要。

我会在笔记本上把与画画有关的想法整理成新的条目，届时请

参考（参考笔记本的“美术页”）。

话说回来，男朋友对我这么热心，自己的学习不会受影响吧？我一问，他就笑着搪塞过去了，有点可爱。

之后，我们去了图书馆附近的文具店。我买了一本速写本，比起普通的素描本，速写本的纸张更薄更大。

为了纪念这一天，勤俭持家的男朋友帮我付了钱。

下次就换我请男朋友喝茶吧。每一个“明天的我”，还请多多关照呀。

蝉鸣阵阵，像在宣告夏天真的来了。天热得人汗流浃背，室内如果没有空调简直无法度过。

时间在向前走，我却落单了。

“地球啊，你还是别转了吧。”

我提出荒唐的抗议。在对地球死心后，我又重新启动空调。

早上醒来发现已经到暑假时，我实在笑不出来。现在，我无论学什么知识都完全记不住。

我偷偷看了一眼右手中指。

我从来没有告诉过别人我很喜欢自己的手。在我的中指上有一个老茧，这是即便结束升学考试进入高中后，每天仍然长时间握着笔的证据。它见证了我的努力。

作为才能平平的人，我唯一靠得住的就是脚踏实地学习，不断地积累。高二时，我的努力取得了回报，我进入了精英班。可现在，老茧在慢慢变薄。

我已经无法努力。准确地说，再怎么努力，学习能力也不会提高，这让我忍不住想哭。

到了下午，我总算整理好自己的思绪，也确认了自己的情况和交友状况。

夏天是恋爱的季节。没错，这样的我现在也有了恋人。

放在桌上的速写本里，画了一张我几乎没有印象的青年脸庞。这位清秀的青年似乎就是我的男朋友。

除此之外，速写本上还画着各种各样的东西，也有单纯的人物造型。

我进入高中后，为了集中精力学习，一度打算放弃美术，可每个“昨天的我”进入暑假后都好像在画画。

说不定正是这个原因，我手上的老茧才没有完全消失。

在不久前买的速写本里，我画了几十张画。虽然看不出有什么质的提高，但我画得越来越顺手了。即便慢如乌龟，也总算有了一些小小的进步。

而我为什么重新拾起画笔？似乎是男朋友和我说了什么。

“昨天的我”从被称为“程序性记忆”的词中找到线索，加以思考，最后得出了这样的结论。

即使在这种状况下，我也许仍然能保持“程序性记忆”这种感觉性的记忆。也就是说，我的绘画水平完全可以再提高。

我果然没想错，最近的画证明了这一点。然后，我在网上查了一下，发现“程序性记忆”也被称为“技能记忆”，除了绘画以外，练习乐器等方式也有同样效果。

我无所事事，翻开笔记本，找到“美术页”，打算试着练习一下速写。最近我似乎每天都在练习。

我用电脑翻找西洋画，看到中意的就停下来，把画中人物作为模特。

不是思考，而是用手，下意识地将自己的感受到的东西都描绘出来。就像初中每天挥动铅笔时一样，这张画很顺利地完成了。与当初相比，运笔确实有了进步。

我每天都是这样消磨时间的吗？确实挺有趣的。

在熟悉的线条轨迹中藏着的，是一个个“昨天的我”。如今的我还能坚持什么，做到什么，省悟什么，这些画给了我信心和答案，让我心情愉悦起来。

我集中精力又画了一张。这时，手机亮了，是小泉发来的消息。

“呀，最近怎么样啊？”

我把画了一半的画拍成照片发给小泉。她看了有些吃惊。

“好看！真的每天都在进步呢。”

“你又拍我马屁啦。不过说真的，画这个还蛮有意思的，也能消磨时间。”

“我要是也能像你这样有点什么美术类的爱好就好了。”

“对哦，我还没看过你的画呢。是什么风格的？”

“大概要等我死了几千年之后，才会被世人肯定吧。”

“你这已经不是美术价值，而是考古价值了。”

如果要问我现在的状态有什么糟糕的地方，那真是说上半天也说不完。因此，我总是报喜不报忧。而我最庆幸的是有小泉这么一个朋友，无论和她聊什么，我都会很快恢复平静。

“那你今天也要和神谷见面吗？”

“嗯，四点的时候，还是在图书馆见面。”

“这就是青春啊。”

“小泉，你有时候真的很像大叔。”

我看了日记的总结，发现这个暑假我几乎每天都和这位男朋友见面。

这几天他给我介绍美术书，还带我去游戏厅，帮我抓了毛绒玩具，说练习素描时可以用，让我高兴坏了。不过，这个毛绒玩具不见了，似乎是当天被我藏了起来。

至于理由，这里也写着。

我的心理活动稍微有些复杂——想要玩具的始终是“那天的我”，假如第二天醒来只留下一个玩偶和“是男朋友帮我抓的”这一事实，“第二天的我”也许并不会觉得有趣，甚至可能觉得有些困惑。

我真是个麻烦的女人啊，我在心里暗暗想着，说不定我就是这样的人。

和小泉聊了几句以后，我又开始埋头画画。我打开从图书馆里借来的美术书，重新翻到“昨天的我们”看的那几页，决定参照喜欢的西洋画人物，五分钟画一张速写。

五分钟画一张画相当难，不过如果能每天坚持的话，确实有提高画技的可能性，因为手会记住这种感觉。

就这样，三点过了，我简单地喷了喷香水，整理一下着装就出门了。我骑着自行车前往图书馆，裸露的肌肤上满是夏天的味道。

从我家到图书馆，骑自行车只要不到十分钟的时间。而图书馆离男朋友的家好像有将近三十分钟的距离，可男朋友每天总是步行而来。

“你来啦，今天有在认真学习嘛。”

“日野，别担心我了，我自觉着呢。”

到达图书馆，我往学习室里探了探头，看到里面坐了一个速写本画着的人。根据笔记本上所写，他好像总会坐在同一个地方，穿着也差不多，就能很容易找到。

今年夏天，小泉参加了学校的暑期讲座，课外还有为了备考而报名的补习班，因此相当忙碌。

说实话，如果我没有开始练习画画，又没有男朋友陪在身边的话，搞不好会被对未来的悲观所压垮，无法再做自己了。

男朋友整理好学习用具，打算和我去一楼有自动贩卖机的休息室坐坐。

男朋友告诉我他不打算不上大学，想在每年会限额招聘高中毕业生的市政府工作，为此学习方面不是太紧张，只是那里离家有些远。

“日野，你今天有什么想做的事吗？我能陪你到七点。”

“我想想啊……有了！我想去看看草帽！正好是夏天嘛。不过先说好了，不能让你帮我买。”

男朋友拗不过我，只好答应了。

“好吧。我这个男朋友没什么出息，你多多包涵。去车站附近的购物中心，行吗？”

我们朝停车场走去，决定骑车去车站附近的购物中心。

我看着男朋友开锁，视线突然停留在后排放东西的位子上，想起日记里曾经写过我们俩开心地骑自行车的事。

“骑自行车载人还是有点危险吧？真骑上街，会被警察警告吗？”

我这么一说，他就陷入沉思中。

“放假了学生多，可能查得挺严的，不过倒也不是不能试试。”

“啊，真的吗？”

“我们试试看吧。”

这么说着，他用一只手握着自行车的车把，一只脚踢起脚撑，让我坐在自行车的车坐垫上。我照做了。然后，他双手抓着车把，开始向前推自行车。

我坐在车座上，就这样连同自行车，被他推着慢慢向前走。

……咦？

你们能想象这个画面吗？就像高贵的人坐在马上，骑士在前面拉着缰绳一样。怎么说呢？对我而言，这是多么让人害羞的画面啊！我把这种骑车的方式命名为“公主骑”。

我的男朋友是个天然呆吗？他什么都不在意，就这样把车往停车场的出口推。

“不不，等等，你先等等。”

“怎么了？不是说要去购物中心……”

我太过害羞，用双手捂住自己滚烫的脸。早知道就化厚一点的妆，当个厚脸皮的人了——这是我胡说的。

“那……那什么，这个样子不能给别人看到啦。”

还好这会周围没有人。男朋友好像才注意到我很难为情，慌慌张张地把手从车把松开。

这样一来，还坐在车上的我突然有些重心不稳。

我本想赶紧把脚踩在地上，结果因为坐垫太高，没能顺利做到。

啊，糟了，我要连车带人摔倒了——

就在这时，男朋友一只手搭在我的腰上搂住了我的身体，另一只手握住车把防止自行车摔倒。

结果，我被男朋友抱在怀里了。

“唔。”

“啊，对……对不起。”

男朋友有些狼狈，我却顾不得那么多，“噗”的一声笑了。在这个姿势下，我的脚终于着地了。他的视线近在咫尺，我们慢慢从紧贴的状态中分开。

男朋友把自行车重新立好，我一直盯着他看，狂笑不止，根本停不下来。最后，我只好捂住自己的嘴巴。

“日野，怎么了？”

受不了了，好好笑。我快笑疯啦。

“还……还问我怎么了，你才是怎么了啊？哈哈哈哈哈哈哈！这是什么老套的恋爱喜剧啊？哈哈，真的太好笑了吧！我还没见过有人这样推着另一个人呢，你难道一点都不觉得难为情吗？”

听我这么说，男朋友难为情地挠了挠头。

“哎呀……不好意思。我刚才在想有什么方法既能算是两个人骑一辆车，又不会被警察警告。思来想去，就觉得这个办法或许行得通。不过现在仔细一想，是挺奇怪的。”

男朋友说完，我也笑得差不多了。

“就是啊！这种快要摔倒的时候被人一把接住的桥段，只有少女漫画里才有啊！这可是大夏天，我们都是高中生呀！居然现实里真的会有人这么做！真的没想到，实在太逗啦！”

之后，我们各骑一辆自行车，一路笑着去了购物中心。

我们在购物中心逛着，虽然看中了一些，但是那天什么也没买就各回各家了。只是随便逛逛也让我觉得足够开心。

“日野，明天见。”

“嗯，明天见。”

我看着他骑着自行车远去的背影，心中不禁生出一个有些奇怪的想法——

“今早的我”有些嫉妒“昨天的我们”。清晨醒来时，我如此绝望，可“昨天的我们”在日记里是那么快乐，这真是不公平。我也想拥有那份快乐的记忆，也想共享快乐，就像之前那样，把理所当然的事情变得理所当然……然而，和男朋友共处的时候，我再也不会觉得那些记忆值得羡慕了。

原来如此，“昨天的我”是以这样的心情写日记的啊。我与“昨天的我”产生了共鸣。

与“昨天的我”产生共鸣，这也是个奇怪的说法。

不可思议的是，看着本该陌生的他，我的心竟然有些隐隐作痛。

断片的信息、不知能否留下的未知物、情绪、想法……我是不是快要喜欢上他了？

不会吧，应该不会的。只是……真的如此吗？

逛街时，我一直盯着男朋友看，他似乎有些为难地微笑着。

我一路回想着这些事返回家中，然后吃了饭洗了澡。

写好日记，很快就要到睡觉的时间，我打开速写本。

我为脑海中我坐在自行车上男朋友推着我前行的画面构了图。

带着不错的感觉，我挥动起铅笔。

2

八月十二日，是芥河奖与直树奖公布上半年获奖作品的日子。

我从一大早开始就有些心神不定。父亲和我差不多，都太在意结果而变得神经兮兮。

父亲不知道西川景子就是姐姐。尽管如此，他还是很在意芥河奖的事。比起喜欢纯文学这一理由，更像是一个有志于成为小说家的人心中的憧憬、委屈和些许嫉妒。

父亲开始工作后，我带着简单的便当去了图书馆。

今天我还带了便携收音机。芥河奖相关的速报最快应该是在网络上，当然广播也会播放。

早上的时间段里，获奖作品似乎暂未公布。我虽然喜欢纯文学，但过去并没有实时关注芥河奖的发表，基本都是通过第二天的报纸才知道的，也不知道具体是当天几点公布。

吃完午饭，我走向图书馆的杂志角，寻找刊登了西川景子候选作品的杂志。我又开始重读这部作品，这已经是我第几次读了呢？

两个小时很快就过去了。我正想找个地方打开收音机时，突然被人叫住了。

“那个……”

“哎？”

我听到熟悉的声音，抬起头来。这是与平常不太一样的状况。

“日野，怎么了？还不到四点吧？”

踌躇不前的日野出现在我眼前。她仿佛是一个不知从哪里跑来的大小姐，穿着高雅的白色连衣裙，两手抓着一顶大草帽。

“嗯，今天是你姐姐入选的那个奖公布的日子吧？你要是愿意的话，我们一起等结果吧？手机能立刻知道快讯，还能看到记者会的现场直播。”

昨天我并没有告诉日野今天是芥河奖的公布日。是她自己查的吗？还是绵矢说的？

我点点头，把杂志放回原来的地方。在日野的催促下，我们走向楼下的休息室。

这时，日野手里的草帽再次映入我的眼帘。

“果然还是这顶草帽比较适合你。”

这是前几天我们在车站附近的购物中心看到的草帽。

当时日野在两种款式之间犹豫，不知道什么时候悄悄买了我推荐的那顶。本来我打算作为礼物送给日野的，想来她是怕我手头紧，先下手买了吧？确实是日野会做出来的事。

只是，日野不知为何有些困惑，问道：

“嗯？这顶帽子，怎么了？”

“哎？”

我思索着这个问题的言下之意。看来她忘记了我们曾经一起挑选帽子的事。

那天的快乐回忆又在我脑海中慢慢重播了：在停车场发生的尴尬事、之后的橱窗购物、日野开玩笑地把那顶女式草帽给我戴上一事、两个人相视而笑的场景……

对我来说，这是无比珍贵的回忆，日野却什么都不记得了。

然而……对日野来说是理所应当的——因为她不会记得任何一天发生的事。

“那个，我今天想去车站附近的一家大画材店转转，正好妈妈也说要去购物中心，就搭了她的顺风车去了购物中心。结果我一眼就喜欢上了，所以……”

看到日野有些难以启齿，我拼命对她微笑。

一大早就出门，还比平时早一些来见我，这一定也是日野意料之外的事吧。没办法，每天阅览笔记本和日记也很花时间的。

“没什么。因为之前去购物中心的时候，我感觉你好像盯着多看了几眼，所以有点好奇。你没发现吧？看来洞察力太出色了也是个问题啊……”

为了糊弄过去，我说了平常不太会说的话。原本想卖掉旧书，把那顶草帽当作礼物送给她的想法，早已埋在了心底。

日野虽然露出些许不安的表情，但听到我夸她的帽子后，又变回了平时的样子。

休息室里，绵矢在等着我们。

“我就知道是绵矢说的。谢谢你啦，还特意跑过来。你知道今天是芥河奖的公布日才想着要聚一聚吧？”

“啊，嗯。”听到我重新打起精神的话语，绵矢略带担心地回答，“对不起，我没说一声就跑来了，你不会嫌麻烦吧？”

“怎么会，其实我一个人紧张得要死，你们来得正是时候。”

“那我就放心了。难得有机会，我们一起等吧。你别说，连我都有点紧张了。”

根据绵矢汇总的情报，虽然芥河奖每年公布的时间都不太一样，不过在网上直播的获奖者记者招待会将从傍晚六点开始。

这边，因为还有时间，日野读起了姐姐的候选作品。另一边，我和绵矢心神不定，绵矢也是第一次实时等待芥河奖的公布。

我们一会儿站，一会儿坐，又来来回回去了好几次洗手间。

日野见我们俩慌慌张张的，忍不住说：“你们俩冷静点。”

“哦，冷静，我们冷静着呢。是吧，绵矢？”

“嗯，嗯，可以说是从容不迫。”

“哪里从容啦？”

时间一分一秒地走着，马上就到六点了。为了不影响到周围的人，我们走出图书馆，守在日野的智能手机屏幕前。

“芥河龙之介奖和直树三十五奖获奖者记者招待会现场直播马上开始。”

节目开始了，坐在长桌后的两个男人出现在镜头前。公开发表还未正式开始，解说员正介绍着芥河奖和直树奖的由来。

这位解说员与一旁的男助理此刻应该就在现场的某一角落吧。画面中逐渐传来紧张的气氛。

既然是现场直播的记者招待会，那候选人是等在别的房间吗？现在，姐姐在那里会想些什么呢？

然而，获奖发表迟迟不开始。解说员说，今年的发表时间大概是晚上七点到八点。

从现在算起，那就是要再等一小时甚至两小时。父亲说过今天会在外面吃，所以我没必要准备晚饭。

我自己倒是无所谓，不过图书馆的关门时间是晚上七点，如果继续看下去有必要转移地点。于是，我从手机里抬起头，向她们问道：

“等下怎么办？我可以去家庭餐厅，日野和绵矢的父母会不会担心？不然今天我们就在这里散了吧。”

对于我的提议，绵矢立刻做出了反应。

“我家反正只有我妈在，也没什么可担心的。真织呢？”

“和家里说一声就行。难得能有这种机会，还是一起等吧。啊，不过去哪儿呢？这里离家庭餐厅还有一段距离。小泉还是骑自行车来的，要是晚了的话可能会有点危险。”

的确，绵矢的家比我的还要远。大白天的也就罢了，夏天的夜晚确实很不安全。

绵矢像是一点都不担心，满不在乎地说：“要不然我住在真织家吧？还可以……悄悄地把神谷带到真织的房间里？”

“啊？”我忍不住大喊一声。

比起绵矢的提议，日野似乎更惊讶于我的反应。

那可是日野的家啊。尽管现在是暑假，可大晚上去女孩子家，我还是不太敢。万一和日野的父母撞个正着，就更尴尬了。

“抱歉，我刚才太大声了。不过还是算了……我觉得我们还是去车站附近的家庭餐厅吧，也许我看上去不太靠谱，但绵矢要是不嫌弃，我可以把她送回家。”

日野一副没听进我的话的样子，在一旁若有所思。绵矢则不怀好意地笑着。这个混蛋。

日野原本就对我隐瞒了记忆障碍的事实，虽然不知道她是怎么向父母提及我的事的，可如果我真去日野家，会不会很麻烦呢？

没想到日野突然扬起嘴角，像是突然来了兴致似的。

“好！那就别让我爸妈知道，把透同学偷偷塞进我的房间，然后三个人一起等结果。你们觉得如何？”

我呆住了。如果可以，我真的很想拒绝。

这时候，二人已经把我当作空气，开始为这个决定欢呼呐喊了。绵矢大喊大叫，兴奋不已。

“哎？等等，什么？”

3

在日野和绵矢的“胁迫”下，我决定前往日野的家。

只是，日野的父亲是特别关心孩子的人，为了不让家里人发现，我只得偷偷地潜入日野的房间。具体的计划是这样的——

日野先通知母亲绵矢要去家里做客，接着我们三人前往日野的家。趁着绵矢在客厅向日野父母打招呼的间隙，日野会把等在外面的我叫进来，二人一同前往二楼的房间。等日野快速地收拾完房间，我就可以进去了。

电话那头，日野的母亲听说绵矢要来，表示十分欢迎，还说住下也完全没问题。也许因为正值暑假，这样一来就可以陪伴无聊在家的日野了。

“对了……那我回去的时候怎么办？”

三人正骑着自行车，绵矢听我这么问，用充满自信的声音回答道：

“没关系，到时候我再去客厅和他们聊一聊，你只要趁机离开就行了。”

没过多久，我们就到了日野的家。她家看上去不像是统一设计的住宅样式，更像是自建的房子。

我一个人稍稍离开日野家，把自行车锁在附近的人行道旁。回到日野家门前，只见她们俩挥着手走进玄关。

等了几分钟后，玄关门打开了。日野探出脸来，一副乐在其中的表情，向我招了招手。我蹑手蹑脚地进了她家。

“把鞋子拿在手上。”

“好。”

在日野压低声音的指示下，我拿起脱下的鞋子。

这时，耳边突然传来了绵矢开朗的说话声。这里有扇门紧闭着，门那边是客厅，绵矢正和日野的父母说话。我不禁多看了门几眼，有些好奇日野的父母是什么样的人。

“你干什么呢？”日野的话把我拉回现实，我跟在她后面继续往前走。

上了二楼，走廊最里面就是日野的房间。

日野进房收拾东西，我在门前有些焦急不安地等待着。

门开了，日野又向我招手。里面比我的房间宽敞多了，收拾得很干净。我按照她说的，把鞋子放在不要的杂志上。

“我去把小泉叫过来，顺便拿点吃的来，你先坐一下。”

“嗯，好的。”

日野关上门，房间里只剩下我一个。我刚叹了一口气，没想到门忽然又打开了，让我大吃一惊，身体都有些僵硬了。日野一脸傻乎乎地对我笑道：

“这里是女孩子的房间，就算是男朋友也不能乱翻我的衣服哟。”

“我才不翻呢。”

日野直直地盯着我看。

“我允许你稍微翻一下。”

“我都说不会翻啦。”

真是的，就会拿我寻开心。我正盘算着怎么“轰走”日野，她又一动不动地看着我。

“透同学……我想问一个有点奇怪的问题。”

“什么？这时候你可千万别做什么奇奇怪怪的事啊。”

“透同学，你是不是喜欢我？”

“咦……”

一瞬间，我内心所有的心理活动都消失了。

寂静中，我只听见时钟指针走动的声音。

“为什么这么问？你忘了第三个条件吗？”

我不知道该怎么回答才好，只好笑笑，装作自己不是在严肃地反问日野。我想我一定笑得很蹩脚吧。

“没啊，我记得的。只是……我有点好奇，就想问问你，大概就是这样……”

“放心吧，我不会真的喜欢上日野的。”

我要怎么告诉你，其实我早就喜欢上你了？

我扬起嘴角，用力挤出一个笑容。这笑容肯定僵硬极了。

“这样啊……嗯，抱歉，是我的问题太奇怪了。”

日野也对我笑了笑。或许是我的错觉吧，但我总觉得她的笑容里有几分落寞。

“没事。不过你怎么突然好奇这个，发生什么事了吗？”

很快，日野像是忘记了我们几秒前的对话，恢复往常的笑容。

“哎呀，你想嘛，如果你真的喜欢我，我就得做好少一两件衣服的心理准备啊。”

“都说了，我真的不会做这种事啦！”

我大声反驳，慌乱中赶紧捂住嘴。日野笑着说了一句“您自便”，就关上房门。听着远去的脚步声，我再次叹了口气。

我不会真的喜欢上日野……如果真有一个未曾对日野动情的次元，我们又会是什么样子呢？

我不会告诉日野我已经喜欢上她，日野也不会告诉我记忆障碍的事，如此，我们只会作为假扮的情侣继续交往吧。

可是我莫名觉得，这样的关系无法长久维持。用不了多久，我们一定会分手。

想到这里，我无奈地苦笑了。

我从不后悔喜欢上日野，哪怕这是一段无望的感情……我也不在乎。

为了切换心情，我静静地坐在房间里，闭上眼睛。

不过，接下来我要做什么？她们好像还需要一段时间才会回来。

我睁开眼睛，再次环顾日野的房间。

总盯着女生的房间看不太合适，我这么想着，无意间注意到以前在文具店一起买的速写本被放在了书桌上。

我靠近桌子，速写本旁边放着铅笔、削笔刀和一把小的裁纸刀。我仿佛闻到了初中美术室的味道。

我想重新了解日野，于是怀着一丝负罪感翻开被合上的速写本。里面有几页是人物的线稿，翻着翻着，我的手在自己出现的那页停了下来。

速写本中的自己，有些为难地笑着。

暑假中，日野也会常常拿手机拍我，当时的我也许就是这副表情吧。我继续往下翻，其他几页的我时而有些冷淡地笑着，时而侧过身去。还有的只是草稿，没有完全画完。当中有的姿势我还有印象，大概是在图书馆的停车场里，日野坐在车上，我向前推车时的背影吧。

对日野来说，我到底意味着什么？

“嗯？这顶帽子，怎么了？”

今天在图书馆发生的事情浮现在我眼前，让我不禁有些心痛。

我慢慢合上速写本，尽量不去想这些。

这时，我注意到有些纸片从桌子的大抽屉里微微露了出来。

是什么呢……日野说要快速收拾一下房间，是和这个有关吗？

以后或许不会有这样的机会了——这么想着，我的手又慢慢靠近抽屉。

抽屉里有几张纸，还有笔记本和日记本。看笔迹，应该是日野的字。

“我因为遭遇事故有了记忆障碍。一定要看桌上的笔记本。”

我快速关上抽屉。见一些纸的边缘露在外面，我怕留下折痕又慌忙整理了几下。我的心跳加速，手也在颤抖，脑海中突然蹦出一句话：世界的暗处总隐藏着残酷。

在人们不曾察觉的角落里潜藏的残酷令人窒息。

在公园约会时，我听日野说过笔记本和日记的事，却没有听过纸的事。这些应该是贴在墙上，用来提醒自己阅读日记吧。

每天，日野就这样一次次被迫面对自己的症状，我仿佛窥见了她内心的恐惧。为了不让别人察觉自己的病情，日野在拼命努力着。

无论何时，日野总会笑脸迎人，而我……

这时，门外传来了二人的脚步声，我有些紧张，随手拿起一本美术书，假装在做别的事。

“不知道他老不老实………什么嘛，在看书啊。真没意思。”

日野露出脸，既惊讶又佩服地说道。

“神谷，你为什么不做点正常男孩子会做的事啊？”

绵矢跟在后面走进来，如是问道。

"正常的男孩子会做什么？"

"把真织的衣服戴在头上啦，或是把衣服塞满口袋，结果绳子从口袋里稍微露出来啦。"

"绳子……什么绳子啊……"

她们应该没发现什么不对劲，我稍稍松了口气。

日野将托盘放在房间中央的小矮桌上。托盘里有一盘大份咖喱，一盘普通量咖喱，以及两份杯子和勺子。

"我们不能空着肚子等。我和小泉两个人吃大份的，透同学你就吃另外一份吧。"

"哦，好的，谢谢。"

我们吃着辛辣味十足的咖喱，在日野的电脑边守着先前看的现场直播节目。

画面和刚才不同，像在某个高级酒店的大堂里，看不见解说员。有一个不太高的台子，中间放着一块白板。白板上分别贴着写有"芥河奖"和"直树奖"的纸。一群记者坐在椅子上，不时地朝白板张望，一脸焦急地等待着。

这会时间刚过晚上七点，看来公布的时间是七点至八点……

我们吃完咖喱，又过了大约十五分钟，画面终于有了变化。同时，画面中传来解说员和助理的声音。

"刚……刚才，刚才好像出结果了。"

"哎呀，是哪部作品呢？"

伴随着这样的声音，一名身着西装的男子走向白板。他将手中的纸贴在"芥河奖"的位置上。

西川景子

《残渣》

顿时，记者们有些激动，解说员更是兴奋地叫了起来。

与此同时，会场里播放着广播：

“本次芥河奖获奖作品为西川景子的《残渣》。稍后我们会把获奖作品摆在前方的台子上，西川景子的记者招待会也将——”

此刻，有多少人目睹了这一瞬间？他们是在家，在电车，在小酒馆还是在公司里？这个消息很快就会在网络上扩散，明天的报纸和电视也会对此大肆报道。

姐姐得知自己获奖，会是怎样的心情？父亲此刻又在做些什么？

我茫然地盯着电脑，旁边传来了日野的声音。

“太好了……太好了！姐姐太厉害了！是芥河奖啊！”

我望向日野，周遭的一切是那么不真实。

“嗯，谢谢。真的太好了。”

我说不出什么更像样的话。这时，绵矢苦笑着说：“其实我大概猜到啦。看来啊……之后你姐姐会被各种媒体抢着报道的。怎么样，作为弟弟，你的鼻子也会因骄傲而会变高吗？”

我还在冥思苦想：鼻子变高？匹诺曹吗？还是像天狗一样？什么啊？

“不行了，我真的不会说漂亮话。”

我这么说道，她们俩忍不住笑了。

直树奖的获奖作品也公布了。姐姐的记者招待会排在直树奖获奖者之前，第一个举行。

照相机的闪光灯明光烁亮，记者的提问一个接着一个。姐姐简单地做了回答，记者见面会很快就结束了。

我有些出神，心脏还在跳个不停。一直待在日野家也不方便，于是我就向二人道谢，准备回家了。

绵矢去引开日野父母的注意，我与日野在玄关外道别。

“明天见。晚安啦。”

“嗯，今天真的谢谢你。”

只有今天记忆的日野，和记忆从未有断点的我，在此处正式道别了。

我稍微走远一些回头，发现客厅的窗帘被人拉动了。是日野的父亲吗？我看着隐约像是男性，又不敢十分确定。

说不定，我被发现了……

我向停自行车的地方走去。站在被路灯照着的自行车前，我的大脑仍然一片空白，连车锁都没打开。忽然，我感觉身后有人在接近，回头一看，原来是推着自行车的绵矢。

“就知道你在发呆。真织的妈妈非要开车送我，我还是决定骑车回家，所以你送我吧。不过我看你现在危险得很，还是我送你回家吧。”

我实在是不好意思，拒绝了这个提议。我对绵矢说，应该是我送才对。于是我们骑车前往绵矢家所在的公寓，一路都在聊天。我已经记不清我们说了什么，她似乎挑了一个能让人开心的话题。到了公寓前，她仍然有些担心我。我连连说自己没事，在那里分开了。

我接着骑车回家，脑海中全是姐姐的事。

到家已过了九点，父亲正坐在餐桌旁的椅子上等着我。他一脸阴沉，手边放着笔记本电脑，还有一些酒罐，让我有一种不好的预感。

父亲抬起头问我：

“透，西川景子……”

我连眼睛都忘了眨，直勾勾地望着父亲。

“是早苗吧？”

4

我没有回应，父亲继续说道：

“今天是芥河奖上半年度公布的日子。我刚才有点好奇，就上网看了看结果，获奖的是西川景子，一个二十多岁的小年轻。我以前听过这人的名字，然后搜索记者招待会的照片，怎么看都是早苗。你是不是知道？透，你是不是早就知道了？”

我早就料到这一天会来——从日野家回来的路上，我的脑海里也曾闪过这个念头。

我们父子很少像此刻这样语气严肃地对话。

“我早就知道了，只是一直没告诉你。姐姐从以前开始就在写小说，西川景子是她的笔名。”

“是这么回事啊……所以说，早苗是因为想当小说家才离开这个家的吗？是为了从我们身边逃走吗？”

“这不叫逃走，姐姐是怀着梦想走出去的。”

“这是一回事吧？”

“意义完全不同啊。她不是逃避自己的人生，而是面对自己的人生啊。”

父亲皱着眉低下头，轻轻叹了口气。停顿了片刻，他又开口道：“你和早苗见过面吗？”

此刻的世界如同一场令人乏味的电影，毫无现实感，只有时钟的指针刻画着现实。

“没有定期见，也没有一直联系。不过，我上次恰巧碰见姐姐在书店开签售会，就聊了几句。”

“早苗还回来吗？”

“姐姐已经有她自己的人生了。”

“为什么？她不喜欢三个人住吗？”

父亲抬起头，并未和我对视，接着又低下头去。

“不是的。但姐姐从初一开始就很努力，这么长时间一直在为我们操心，我们现在必须让她过自己的人生了。”

话虽如此，但我又何尝不是在等姐姐回来？

在遇见日野和绵矢之前，我的生活里甚至只有一个愿望，那就是希望姐姐能快些回家。我曾坚信我这辈子只能这样过下去了。

“那我们以后怎么办？”

“就这样过呗。我正在准备公务员的考试，两个大男人，日子总能过下去吧。”

“早苗，她就是看不起我。”

“为什么要这么想？”

“父亲和小说家，我每一个都当得不称职。不，我算什么小说家啊，她这是站在高处俯视我，看不起我。”

“别胡说。”

“那她为什么一声不吭就跑出去了？”

房间顿时陷入沉默。我目不转睛地盯着父亲，父亲注意到我的视线，却始终不敢正视我。

“如果说了，你会同意让姐姐走吗？姐姐肯定一辈子都出不去了，才……”

“那她就能一言不发地走掉吗……这还有规矩吗？我们可是一家人啊。”

家人。在我和姐姐需要父亲的时候，他没有扮演好父亲这个角色。

我松开紧握的拳头，明白这样的想法只能憋在心里。

“是啊，我们是一家人啊。所以，我们应该祝贺姐姐。”

“我从小就梦想着能拿芥河奖，哪怕是新人奖也好……”

“就因为一家人流着相同的血，姐姐才获奖了。她也看了很多你买的书啊。”

“我懂了。你拿这种借口糊弄我，是想给我留一点脸面吗？你现在有女朋友了，等结了婚，也会搬出去吧？这样岂不是就只剩我一个人了？”

我脑海中浮现出日野微笑的样子，胸口一阵发痛。没人知道我们今后会是什么样子，也不知道她的记忆障碍能否治好。

“结婚这种事远着呢，我还没想过。”

“是吗……我可能喝多了。”

“是啊。我也就现在才说，我看你是一直醉得太厉害，晕晕乎乎的，脑子不清不楚。妻子不在了，还一个人闷头沉浸在小说里，还说要当小说家，真是不靠谱。”

我一改往常，大胆地说出这些话。听到我说的，父亲终于与我对视。

我们虽然有过面对面的交谈和说笑，但印象中父亲从未与我对视过。他无法直面现实，一直在逃避。

不，不只是父亲，我也是。我们没有为改变做什么，好像什么都无法改变，只是一味地逃避现实。

屋内的气氛有些尴尬，我与父亲相对无言，彼此又移开了视线。

“真是服了，我们在做什么。”

爸爸拿着酒罐站起身，朝自己的房间走去。

我目送父亲的背影，开始思考：我今天仍旧什么也改变不了吗？明天之后，依然装作什么事都没发生，继续逃避吗？真正想说的话闭口不言，只留下一场父子争执？我该怎么做？有人能告诉我吗？有吗……

突然间，日野的身影又在我脑海中浮现。

我们之间偶尔会对同一件事产生记忆上的偏差，就像今天谈到帽子的事一样。我尽可能假装什么都没有发现，什么都没有看见。因为这些和日野承担的压力比起来，实在算不得什么。

每一天，我看到的都是努力生活的日野。她被剥夺了时间、可能性和未来，可仍然选择积极地活下去。

我刚才在日野的房间里到底看到了什么？窥视到了什么？

她每天都在直面困难。相比之下，我又如何？

今天，此刻，放跑这个有可能改变现状的机会，真的好吗？

没错，谁也不知道我与日野今后会走向何方。可我——想做一个让日野引以为傲的人。

回过神来时，我已追上父亲，抓住他的肩膀。

“爸爸，我们必须改变，不能再这样逃避下去了。”

父亲没想到我会说出这样的话。他甩开我的手，回头看我。

“我哪里逃避了，我只是没有才能。要是有，我也能立刻当上小说家，这样就能重新规划我的人生了。”

父亲瞪着我。不知不觉间，我的个头已经超过父亲了。

“既然如此，你就应该好好地承受打击，接受失败，看看从这里能学到什么。”

“你在说什么呢？你们不是已经在打击我了？”

“别整天对着自己陶醉了。把自己当成悲剧的主人公，再把自己写进小说里，手里攥着一堆废纸，写好的稿子却从来不投新人奖，你这样很开心吗？”

听到这番话，父亲瞬间失去了所有表情。

我知道——父亲总说梦想成为小说家，实际上早已放弃。

“没有，我没有。”

“别骗自己了。”

“我没骗自己，我就是想当小说家。在目前的规划里，我还……”

“爸爸，我已经听够假话了。你为什么不投稿，不就是害怕受打击吗？你不是想当小说家吗？既然如此，那就别软弱认输啊！”

“透！”

父亲抓住我的领口，贴着我的脸，凝视我的眼睛。

说不定，我今天要挨人生第一顿揍，可我不怕。人如果要向前走，就该做好受伤的准备，不能逃避，也不能因为陶醉于自己，将受伤一事蒙混过去。

我们都没有移开视线，像是终于下定了决心。

只是，父亲眼里不像是愤怒，更像是悲哀……

“你都知道了？我没再报过名，投过稿的事。”

我的呼吸突然变得急促。不，不是突然，是一直很急促，只是我才发现。

父亲松开抓着我衣领的手。

“对不起。我在打扫你房间时，看到过一次。壁橱里塞了一堆报名参加新人奖的信封，里面装了满满的原稿，却一直在壁橱里就那么放着。我也不敢确定，只能在心里猜测你是不是不再投稿了，是不是已经放弃了。”

父亲没有看我，一直低着头看暗淡无光的地板。

“可是爸爸，有些话我想告诉你。我和姐姐一直很感谢你，感谢你夜以继日地拼命工作，抚养我们长大。现在也是，都是你在赚钱养我。就算做不成小说家，你也是个出色的父亲。所以，别再逃避了。”

一直闷在我心里的话终于一吐为快，接下来只等父亲有何反应。

时间仿佛沙漏里的沙一样，慢慢地流逝。我们就这样无言地站着，也不知过了多久。

这时，父亲小声嘟囔了一句："我们从来没像这样说过话。"

我看向父亲，只见他嘴角上扬，像是要竭力挤出一个笑容。

"是啊。"

"你最近有点变了，是不是因为谈恋爱了？"

"嗯……也许吧。她是个特别好的人。"

"那就好，那就好。你要好好珍惜啊。"

我点了点头。随后，父亲深深地叹了口气。

"不能害怕受伤啊……确实，你说得对。"

父亲的声音仿佛从长久的酩酊大醉中醒来一般。

"如果话说得太过了，我道歉。对不起。"

"不……该道歉的是我。抱歉，是我一直在逃避，不敢面对现实。我把家里的事情全部扔给你和早苗，自己跑开了，连写了东西都不敢投稿。你说得对，我害怕受伤。你妈妈不在了，我又害怕面对自己根本没有才能的事实，一直逃避到现在……"

父亲瘫坐在地上，仿佛没了力气。我犹豫了一下，也在父亲身旁坐下。我们都不知道该如何是好。

父亲的眼神突然落在手中还未喝完的酒罐上，他轻轻握了一下酒罐。

如果某部小说也描绘了我们父子俩这样的人物，最后会如何和解？然而，现实不比虚构的情节。现实是无情的，让我们父子俩在此刻迷失了方向，瘫坐在地，一动不动。

即便如此，我们也不得不面对现实。

我问父亲要不要给他做些吃的。父亲说不用。

此刻，我能确信的是，我们父子终于说出了积藏已久的心里话，向前迈出了一小步。今后无论发生什么，我都不会再逃避，会勇敢地面对父亲。

此刻，父亲也一定也在想些什么吧。一阵沉默后，他开口说道："还是给我做点那个吧？"

我抬起头，只见父亲带着笨拙的笑容说道："好久没吃烂乎乎炒蛋了……有点想吃。"

那是父亲爱吃的东西之一，姐姐以前常做。追根溯源，应该是母亲老家的家常菜。

取半块豆腐，不用切，放入小锅，加一些固体高汤、酱油、料酒、白糖，再加入打好的鸡蛋，全部炒碎，最后炒出一些汤汁。

因为不知道这道菜的正式名称，所以我们都叫它"烂乎乎炒蛋"。

我在厨房里麻利地做好了菜，父亲盛了超大一碗饭。然后，他有些难为情地看着我，表情像在说有求于我。

这大概是父亲才有的交流方式吧。

我哭笑不得，把"烂乎乎炒蛋"浇在饭上。

姐姐觉得不太雅观，禁止这种吃法，因此父亲总喜欢偷偷藏起来吃。如今，父亲坐在椅子上，嘴里鼓鼓囊囊地塞满了饭。

"那什么……下次，要不教我做饭吧。"

我不禁看向父亲，他尴尬地笑了笑。

"抱歉。我做不到那么快就改变，但也有在不断寻找机会……"

父亲又试图挤出笑容。

我相信，没有人不想做一个好人。父亲和我虽一直在逃避，却并未因此成为坏人，我们只是失去了光芒。而从日野那里，我又重新汲取到光源。现在的我坚信着这一点。

父亲的笑容太过尴尬，把我逗笑了。见状，父亲也笑了。

收拾好碗筷，时间就已转到了十点。这时，几乎从来不会发出动静的电话突然响了。

父亲有些迟疑，好像突然猜到了什么，将视线转向我。

我点点头，父亲紧张地拿起听筒。

“你好……哦，是早苗吗？”

父亲再次看了我一眼，我假装没注意到，走到窗边，打开窗户。

新鲜的夜风吹进房间，我的背后是父女俩时隔多年的对话。

“不，不是不是。你别这样，要道歉也该是我才对。我……我是个没用的父亲。我这种人……算了，我不说了，以前是我错了。对了，早苗，今天可是你的大好日子啊。嗯，是啊是啊，你真让我们吓了一跳。我哪里能想到，自己的女儿……嗯，啊，哦，嗯。”最后，父亲吸了吸鼻子，感慨万千，“早苗，恭喜。真的恭喜你！”

我默默地望着天空，身体微微颤抖，泪珠从眼角悄悄地滑落。

芥河奖公布十多天后，姐姐回家了。

“家里这么干净啊，不愧是我弟弟。”

几天前，姐姐给家里打了电话，从那之后，父亲就一直兴致勃勃。第二天早上，他开始主动做家务了。起初是挑战做饭，虽然没成功，但他努力地记下了我教他的各种家务活，不分大小和里外。今天一大早，他就充满干劲，卖力地打扫卫生，还夸下海口说今天的晚饭由他来做。

于是，我把这个情况说给感慨的姐姐听。

“这可不是我一个人的功劳，爸爸也帮我了。”

我一说，姐姐就露出了有些吃惊的表情。父亲听了，有些羞涩，又忍不住加入我们的对话里来。

“哎呀，那什么……我是太开心了。想通之后吧，我发现做饭、打扫也挺有乐子的。小说呢，我先暂时不写了。等什么时候，我不是把写小说当成逃避的挡箭牌，而是能像面对自己那样面对小说……如果真能有那么一天，我再写。早苗啊，你要是有什么想要的书，尽管拿去，还有一些什么初版的书，想要什么拿什么。我这么多书，也该清理清理了。”

姐姐直直地望着父亲，让父亲微微低下头，不好意思地笑了。

“我……我想写小说，其实是受了爸爸的影响。能真正开始写，也多亏了爸爸。只是……最初我也一样，为了逃避，不敢面对自己，这才开始写的小说。但从某天开始，我的想法有些不一样了。我开始觉得写小说是为了开阔自己的世界，我会在这个世界里邂逅只属于自己的新的文字，新的想法。”

听着姐姐的话，父亲紧抿着嘴，一言不发，仿佛要哭出来似的。

姐姐见父亲这样，不想气氛这么严肃，连忙改口。

“哦……对啊对啊。家里书太多了，打扫起来也不轻松。爸爸，那我就恭敬不如从命了。”

“哎呀，这就对了嘛，多拿点，多拿点。”

"真的？我不会客气哦？"

二人不约而同地笑了。

我不会说所有的隔阂因此都消失了。父亲在"为人父"这个身份之前，优先选择了成为小说家这条路，可惜并未如愿。而姐姐明白这一切，依然选择默默承担起家里的一切，直到某一天，她也立志成为一名小说家。他们各自心怀内疚，尽管如此，还是在这里笑着和解了，以各自的方式坚定向前。

炎炎夏日，家里的空调不太管用，天气燥热得让人静不下心。可侧耳倾听，光点也像是有了声音，落在我们的心房。

如此夏日，也不能不算是畅快。

5

八月二十六日（星期二）暑假

清晨在家：没有变化。

白天在家：速写。临摹了七张西洋画，状态好得惊人。

我一边画，一边感叹自己竟然能如此精准地把握线条，看到成品，更是暗自窃喜。乘着劲头，我又画了五张，结果手有些疼了。

为了不给"明天的我"添麻烦，我细心地按摩了自己的手。

今天的男朋友：今天和男朋友在图书馆聊了烟花大会的事。暑

假最后一天，邻镇会举办烟花大会。

再三犹豫之后，我向他发出邀请，没想到他立刻答应了，太好了！

这是我第一次有机会去邻镇看烟花大会，男朋友似乎在小学的时候和姐姐还有爸爸去过。话说这位姐姐，最近又回到家里了。

我提议，干脆把姐姐也叫上一起去，男朋友顿时有些慌了神。我的男朋友乍一看很酷，可这些细节又让我觉得十分可爱。

他说要回去问问姐姐的意见，之后我们一起去了书店。

我发现了几本书，是我有记忆障碍之前就读过的，现在又想回味。我还租了几部从没看过的电影碟片，制定了一个类似收藏夹的东西。小说读起来需要时间，倒是漫画、电影之类的可以列入收藏夹，所以我又买了几本比较感兴趣的漫画。

男朋友在一旁阅读刊登了姐姐的采访的杂志。我感慨地说“你是个恋姐狂啊”，他焦急地向我解释。

临分开时，男朋友问我怎么今天忘记戴草帽了。

之前我好像搞砸了，完全忘了这顶草帽是两个人一起在购物中心看过的。日记里还清楚地写着男朋友本打算把这顶帽子作为礼物送给我，可我忘了确认。我就这么稀里糊涂地自己买了帽子。

我笑着搪塞他，说帽子的大小有些不合适才没戴。男朋友从包里拿出一个饰品，是向日葵造型的发夹。

他说这个发夹别在帽子上应该挺般配的，有些不好意思地递到我手上。

我猜他是发现了我有些在意帽子的事，为了让我安心，才想到这个办法。

为什么这个人能这么温柔呢?

每个“昨天的我”都对此深有体会，今天的我亦是如此。无论我忘记了多么重要的事，他都丝毫不介意，一如今天这样，温柔地待我。

我目送他骑车远去的身影，紧紧地握着向日葵发夹。

千言万语哽在我的胸口，让我的心一阵阵发痛。

我是不是，快喜欢上他了?

早上读完日记之后，我就有些坐立不安。

今天是八月三十一日，暑假的最后一天。我看了看笔记本确认自己今天的安排，毫无疑问，今天是约定好的烟花大会的日子。

今早醒来一看，桌上有一件折好的浴衣，应该是昨天准备的。衣服上还贴着便笺，上面有我的画像，还写着这样的文字：

“今天的我要好好享受哟！”

从窗口望去，夏日午后的阳光金灿灿的，洒在白茫茫的大地上。

眼前此景就像一位见异思迁的画家的画布，昨天还是一片绿色，今天却刷上了新的颜料——原先的风景被覆盖了。

我努力让自己别紧张，再次确认了今天的计划。

烟花大会从晚上七点开始。在这之前，我和男朋友约好四点在邻镇的车站附近碰面，也许是为了避开高峰期的拥挤，也有可能是为了两个人能好好地聊天。

小泉今天不来烟花大会。我本打算叫上她，可她说这是夏天最后的节目了，让我和男朋友好好玩。看来她是特意为我考虑了。

我仔细读着笔记本和日记，时间很快来到下午两点。我试着自己穿上浴衣。多亏“昨天的我们”提前帮我找好了简单易懂的教学视频，我看着视频，顺利地穿好了衣服。

浴衣是白色打底，点缀以蓝色花朵的图案，华丽中又不乏稳重。我看上去就像偷穿了妈妈年轻时的衣服似的，也有那么一点点大人风范了。

我对着镜子，把头发梳起，化上简单的妆容，算是做好了出门的准备。哎呀，还有一件事。

桌上除了浴衣之外，还放着一只向日葵发夹，上面也贴了便笺。

“记得戴上这朵向日葵发夹作点缀，这是男朋友送给我的。”

一觉醒来，我成了一个有记忆障碍的人。读完能带走我失落的笔记本和日记，才发现自己竟然有了恋人。而这位陌生的恋人，送了我一只向日葵造型的发夹。

换作平时，我只会感到困惑吧。过去的我好像也有过这样的感觉，可是现在……

我拿起发夹，看样子是别在草帽上的那种。我想着也可以当头饰用，就顺手轻轻地别在头发上。这不像是我平常的打扮，可我对这样的造型我没有丝毫抵触，自己都觉得有些不可思议。

我想，我一定会好好珍惜这份礼物的。

“我是不是，快喜欢上他了？”

日记中这句像是诗歌的句子从我的脑海里闪过，但我决定不去多想。

我事前已经收拾好烟花大会相关的物品，只要拿着出门就行。做好了全部准备后，我决定提早出门。

穿浴衣骑自行车有些危险，妈妈便把我送到了车站。本来她想直接把我送到邻镇的车站，我觉得不好意思，便拒绝了。

我乘上电车在邻镇下车，此时的车站还没什么人。离约定的时间还早，我正想着去便利店转转时，突然听见有人叫我。

“日野。”

回头一看，是一个穿着深蓝色浴衣的瘦削的人。

他微笑地看着我。出门前我已经看照片确认过长相，没错，是我的男朋友。

咦，我有些心跳加速，怎么回事？

“啊，嗯，下……下午好呀。”

因为是突然被眼前陌生的男孩子叫住的，我一时间没反应过来。

看到我的反应，男朋友一瞬间露出了失落的神情。

啊……我又搞砸了。不过是恋人之间寻常的问候，我一副困惑的表情，一定伤了他的心吧。

只是，那份失落瞬间又变成笑容，快得让我怀疑是不是自己看错了。

“这件浴衣很适合你。”

“真的吗？谢谢，你的也很不错。好厉害啊，你是自己穿的？”

“嗯，不过男式浴衣的穿法很简单啦，我上午又练习了几下。”

“是吗……练习穿浴衣？莫非是光着身子吗？”

“日野，真的，你的关注点真的很奇怪。”

我们之间本有些尴尬，总算被这个小小的玩笑冲淡了。

无论我们情意有多深切，无论我们心意如何相通，我都不会记得，而我的男朋友对这一切浑然不知。然而，真的是这样吗？

我暗自想着这些事，男朋友用温柔的声音向我提议。

“时间还早，我们先去咖啡店坐坐吧。抱歉啊，是那种连锁的咖啡店，不过今天付钱的事就交给我吧。”

“哇！这么大方，这可不像男朋友会说的话哟！不过很遗憾，今天还是要平摊。”

“那就把钱留到烟花大会上用吧。”

我们说着话，走向咖啡店。

车站附近的连锁咖啡店里，坐了好几对和我们一样穿着浴衣的情侣。我们选了靠窗的座位，坐了下来。

“按照之前说的，今天你姐姐也会来吧？”

这是我几天前的提议。姐姐难得回到家里，我向男朋友提议，叫上姐姐一起来玩。男朋友回家和姐姐提了，姐姐也很乐意，就定好大家一起看烟花。

“嗯，虽然有点早，但我们说好六点在会场附近的桥上会合。”

“这样啊，我好像开始紧张了。”

我没瞎说，是真的很紧张，连说话的语气都变得和平常有些不同了。

“真没想到啊，日野也有紧张的时候。”

“当然有啦。比如……让我想想，上一次紧张是什么时候呢……”

男朋友见我真的在努力回想，忍不住笑了。

我对此表示抗议，男朋友连声向我道歉。

“你别担心，只是随便见个面而已，没那么夸张，你就别紧张了。”

“嗯，毕竟是我提的嘛。不过，你姐姐现在是大名人，能这样随便走动吗？”

“其实没什么人会注意啦。尤其今天是烟花大会，那么多人，发型也和平时的不一样，应该没问题。”

我们自在地聊着天，时间很快过了五点半。周围穿浴衣的人变多了，有几对情侣已经起身准备去会场了，我们也顺势向外走。

烟花大会的会场离这里只有几分钟的路程，就在城中的河岸边。周围除了餐饮店提供外卖的摊位外，还有一些只能在庙会上看到的小摊，已经有很多人跑来凑热闹了。

许多情侣奔着烟花大会而来，他们亲密地牵着彼此的手。男朋友好像也注意到这件事，但并没有说什么。

怎么办，要牵吗？虽然是第一次，但我有些蠢蠢欲动。

我不时将视线落在那双手上。青筋分明，像是男孩子会有的手。

“嘿！”

回过神来时，我已做出了大胆的行动。

男朋友看上去有些吃惊，把视线转移到我身上。我装作若无其事的样子与他对视，只是能感觉到我的心脏在剧烈地跳动。

“怎么了，日野？”

“哦，没事没事，我怕人多走散了。再说，一会儿还要见你的家人，得表现得甜蜜一点啊。”

“你胆子挺大的啊。”

“哎呀，您才发现吗？”

我也没想到自己会这么大胆，一时间觉得羞愧极了。

可是，“今天的我”很快会在今天消失，我不想留下遗憾。

这会，我们不再是假扮的情侣，而是手牵着手，像一对真正的恋人一样走在一起。

离会场越近，人越挤得动弹不得，我这才有了一些真实感。

不知不觉间，我交了男朋友，还和他一起来了这场夏天最后的烟花大会。

“真不可思议啊，我竟然真的和男朋友来参加烟花大会了。”

“怎么突然说这个？”

听到我突如其来的怪话，男朋友这么问道。

“没什么，之前一直觉得像是走在半空中，有点不真实。现在，我们已经完全乐在其中了……”

我赶紧想了一些话试图糊弄过去，男朋友爽朗地一笑。

“快乐就对了。日野，虽然我不是那么可靠，也没什么大的出息，但要论我的真诚，我觉得没人能比得上我。”

靠不住，没出息，但是真诚。男朋友这老掉牙的说辞让我忍不住笑了。

“这种不知道算是可靠还是不可靠的话，我还是第一次听到。”

男朋友笑得更开心了，我紧紧握住了他的手。

会场一片热闹的气氛，茜色渐渐染黑的天色下人头攒动，给即将落幕的夏天来了几分点缀。

黏腻的暑热，也被我们抛到了脑后。

我们走到和姐姐约定集合的桥附近。

一阵清爽的风吹来，我随口说了句“好舒服的风啊”，男朋友用温柔的眼神看着我。

“透，太好了，我还以为找不到你们了呢。”

这时，我们背后传来有些清亮的说话声。

一个让人移不开眼神的美人站在身后——是男朋友的姐姐。虽然在网上见过照片，但本人那脱俗的气质实在叫人移不开眼。

“姐姐，你来了，还好一下子就找到了。咦？”

男朋友像是注意到什么，声音忍不住提高了。我顺着他的视线望去，一个身着白色网球衫的五十多岁的男子正朝这边走来。他的相貌有些眼熟……

“爸爸也来了啊。”

“是啊，我来了，来给早苗当保镖。她现在可是大名人了。”

我在一旁听着他们的对话，很快就摸清了状况。

原来是男朋友的爸爸。没想到叔叔也会来，我顿时紧张起来。男朋友的爸爸也注意到我，不知为何，看上去反而比我更胆怯。

“晚……晚上好。”

我有些尴尬地打了招呼，男朋友的爸爸回道：“啊，你好你好。”

然后他拍了拍胸前的口袋，着急地往四周张望了一圈。

“哦，烟没了，我去买包烟。”

说完，他转过身去，消失在节日的人群中。

姐姐一身蓝色浴衣，一脸为难地笑着对男朋友说：

“不好意思，我本来打算一个人来的，可一提你女朋友的事，爸爸就非要跟来凑热闹……买什么烟啊，他什么时候抽过烟。”

面对这种情况，男朋友也是一脸的哭笑不得。

“是啊……我真是没想到，他总算不再逃避，还一下子这么努力，连胡子都剃干净了。不过我猜，他是看我们都跑出来玩，一个人待在家里觉得寂寞吧。”

为了不再逃避而努力吗？

我不明白这句话的意思，可男朋友和姐姐之间似乎十分有默契，相视一笑。

随后，姐姐把视线转向我。见我握着男朋友的手，她的嘴角微微上扬。

“晚上好，你是透的女朋友吧。”

“啊，是的！晚上好。今天，谢谢你的邀请……哦不对。我叫日野真织，正在和透同学交往，请多关照。”

只不过是面对面打招呼，我却紧张得不行，说话语无伦次，但比和叔叔打招呼时的结巴要好了许多。

我向姐姐鞠躬致意，姐姐也轻轻低下了头。

“我是透的姐姐神谷早苗，请多关照。”

我又重新打量起姐姐的脸。她和男朋友不是特别相像，不过也有些相似的地方。比如，他们的眼神都散发着温柔。

我盯着姐姐清澈的眼睛，姐姐也有些放松了。

“我们也算是见过了，剩下的时间就不打扰你们，我去找爸爸。”

“这么快就要走了？”

我想挽留姐姐，但姐姐脸上的表情像是策划了一场恶作剧。

“谢谢你呀。不过，我不想做电灯泡……你说呢，透？”

“没有，什么电灯泡啊。”

话题突然转向自己，男朋友立刻慌了神。

姐姐微笑地看着他的反应，又叮嘱了我们几句。

“两个人都要小心啊。真织，有机会再见。”

姐姐不知是不是猜到了叔叔的去向，说完就离开了。

我总算松了一口气。

“哎，紧张死了。见了真人才知道，原来透的姐姐这么漂亮啊。”

“是我最自豪的姐姐哟。自从找到了想做的事，姐姐也不像以前那么尖锐了。”

我看向男朋友的侧脸。他凝视着远方，脸上写满了骄傲。

“是吗？啊，这么说来，你和你爸爸之间，是不是发生了什么事？刚才你们的对话好严肃啊。”

一问之下，男朋友将视线转回来，定睛看我。

“其实，我和我爸爸之间有过一些争执，不过上次，我们已经好好谈过了。”

男朋友开始讲述家里的事，和他的爸爸起过争执的事，还有父女二人已经解开心结的事。

听完后，我轻轻地低下了头。

“原来如此。那天从我家回去之后，还发生了这样的事啊。”

他的时间没有断点，他在一点点地向前。那么我呢？我不禁陷入沉思。

这时，我察觉到来自他的视线。

“日野，你知道吗？我有勇气面对父亲，都是你的功劳。”

“哎？可是我什么都没做啊？”

我不明白这番话是什么意思，抬起头望着他。他一言不发，只是看着我笑。

这是奉承话吗？还是在骗我？但我觉得他不是这样的人。

那么，我真的做过什么吗？我一直以为是我从男朋友那里索取太多，如果有什么是我能为他做到的，如果真的有……

那会是另一种救赎。

我们双手紧扣，我用力握紧他的手，他也紧紧攥着我的。

“走吧，日野。庙会过了今天可就没了，好好享受吧。”

“嗯，说得对，好好享受。”

眼前的景致让我们目不暇接。到处是看惯了的风景，却又如此新鲜。我们就像随处可见的情侣一样兴奋极了，手里塞满了好吃的，买了一堆没用的东西，做着平时不会做的事，玩得忘乎所以。

我们买了章鱼小丸子。我尝了一下，味道很不错，就用竹签叉起一个递给男朋友。他害羞地背过脸去，不敢看我。

这样的反应让我忍不住逗了逗男朋友，他嘟嘟囔囔地假装抱怨，说都怪我非要用同一根竹签。

我这才注意到。这不就是，间接接……这次换我不敢看他了。

射击小摊上，我在这边盯着大件奖品陷入了苦战；另一边，手长脚长的男朋友轻轻松松地斩获了一堆小奖品。

我对男朋友说“男孩子就必须瞄准自己的梦想”，男朋友回我“聚集小小的幸福也很重要”。很幸运地，我的下一枪打在了写有赠品的牌子上。

我们俩乐坏了，谁知赠品是零食大礼包，和男朋友打到的东西差不了多少。不过，这已经足够让我们欣喜。

我们笑得停不下来，像是把一整个夏天的回忆都塞进了一天里。

如此快乐的时光。我甚至觉得，人生中不会再有比这更开心的事了。我不由分说地被他吸引，他也温柔地待我。

时间一分一秒过去，夜空中绽放起焰火，我们在河边眺望着。

过去，我害怕自己是人群中的落单者。现在，我的心平静下来了。因为茫茫人海中，我的身边多了一个人。

我望着烟花无言，唯有这双握紧的手充满力量。

我不禁思考起我的情感去向。和记忆一样，此刻的情感也会消失吗？不会扎根吗？说白了，它只会作为信息在头脑中被处理，而情绪的起伏无法积存吗？

我多么希望，哪怕一丁点儿都好，我希望有什么东西可以留下。

唯愿此刻的情感能维系至明天的我。唯愿它们不要消失。

“我不想……忘记。”

回过神来的时候，这句话已经脱口而出，而我眼前的视野模糊了。

咦？为什么，为什么呢……眼泪，扑簌簌地落下。

我不想忘记。我讨厌我会忘记这么重要的时刻，讨厌这么重要的时刻只能留在日记里。人生只有一次，每一个瞬间都无法重来，因而人们会看重它们，会视为珍宝。可是，我无法记住它们。这太残酷了。太悲伤了。

我用另一只手擦拭眼泪。男朋友定睛看着我。

“我不会忘记这一天的。”

这句话没有夹杂在纷扰的烟花声中，清楚地传到了我的耳朵里。

“我……我也是。我不会忘记的。好奇怪……本来就不会忘记嘛，我可能是太开心了，才说这种话。哎呀，眼泪怎么停不下来……”

说着说着，我潸然泪下，男朋友紧紧地握住我的手。

“忘记也是人之常情。不过没关系，我相信任何记忆都不会完全消失。”

我拼命忍住眼泪，看着身旁温柔的人。

难道他知道我有记忆障碍的事情吗？他知道，他已经察觉，却故意装作没注意吗？

如果……如果真是这样的话，那我已经没有什么好害怕的了。

我用力握着他的手，在心底祈愿。我愿温柔待人，愿收起任性，也会对父母满怀感激之情，请让我今后也继续待在他的身边吧。拜托了，拜托了。

不知是否是眼泪模糊了我的视线，一瞬间，我觉得他好像不见了。

我下意识加重了手上的力度，原来他就在我身边，还用力握紧了我的手。

“别离开我，透同学。”

“没关系。我会一直在日野身边的。”

烟花犹如无法实现的梦，只绽放在夜空中，转瞬即逝。我们的气息、声音，渐渐湮没在其中。

空白之白

1

暑假结束，新学期开始了。此时，真织和神谷已经交往了三个多月。

我不会忘记，那是五月快要结束的一天。那天放学后，真织突然被素不相识的神谷叫了出去。

“我决定和他交往。”

后来，我们在图书馆会合时，真织这么告诉我，我打心底一惊。

真织有记忆障碍，记忆无法保留到第二天。无论认识了什么新朋友，第二天都会回归为陌生人。

我有些不敢相信，在这样的状况下，真织还打算和别人交往吗？

“这又是为什么？”

“他向我表白了，我就想试一试。”

“我不懂你想干吗。对方是叫神谷吗？还有，你失忆的事……”

“我没说，以后也不打算告诉他。你想啊，我都这样了，如果能有一些不一样的新鲜事发生，是不是挺不错的？所以我想试一试。”

第二天课间，我去瞧了瞧，他看起来就是一个平平无奇的家伙。

说到真织的事，他有些含糊其词，因此我总以为他们很快就会分手。明明是这位神谷同学主动表的白，可他好像不太喜欢真织。

结果，他们直到现在还在一起，完全超出了我的想象。

从某一天起，神谷变得有些不一样了。

我最先注意到的，是神谷骑自行车载着真织时候的神态。任何人都能看出，他真的很在乎真织。回想起来，那时他就已经知道真织有记忆障碍了吧。

可是，为什么神谷会变得不一样了呢？如果知道自己的恋人有记忆障碍，普通人都会选择分开吧？

第二学期开始，日子过得飞快。在放学回家的路上，真织和神谷肩并肩走在前面，我直直地盯着他们的背影。这时，神谷突然回头问我：

“怎么了？我身上沾了什么吗？”

我看着他那张傻傻的脸，顺口说了一句傻话。

“沾着你的头。”

“是啊，要是不在才可怕吧。”

“别怕，我的男朋友。要是你的头真能取下来，我给你找一个更漂亮的。”

“日野，我可不是某个红豆超人。”**（注：出自日本国民动画《红豆面包超人》，当面包超人受伤或者被人吃了时，果酱爷爷会重新为其烤制一个新的“面包头”。）**

真织的记忆障碍——顺行性遗忘症并不能轻易地治好。应该说，目前根本没有明确的治疗方法。他们可能在一个星期后突然痊愈，也可能花上一年、两年、三年……甚至五年都治不好。

不仅是真织本人，身边的家人、恋人也需要有足够的耐心。可如果那个人是神谷，或许他能给予真织的，是我和她的家人所不能的。

实际上他们交往以来，是神谷一路陪着真织，让真织有了变化。听说他们暑假里每天都见面，花心思劝说真织画画的也是神谷。

在真织的大脑里，即使不能存储记忆，也会留下身体的感觉——这是我从来没想到的事。

重拾画笔后，真织的精神状态比以前稳定多了。我没向神谷提过，真织的精神状态曾经十分不稳定，真织的父母和我一直担心这件事。

五月中旬的一天，真织毫无预兆地向学校请假，也不回我消息。放学后，我来到真织家，看到真织的母亲一脸愁容。

虽然记忆每天会被重置，但是精神状态不会。由于脑内物质等关系，前一天的精神状态会对之后的日子产生影响。

那天早上，真织的母亲向醒来的真织说明了和记忆障碍有关的情况。

“我受不了这种事。”

“这样活着有什么意义。”

“不要管我了。”

她说完这些话，把自己关在房间里，饭也不吃。

真织的母亲一直隐隐担心。主治医生说过，作为顺行性遗忘症的并发症，部分患者会患上抑郁症。

这不难理解。如果我是真织，我可能连学校都不想去，只会蹲在家里，悲观地哀叹未来。别说是抑郁症了，发生更糟糕的事也不足为奇。

得到真织母亲的许可后，我来到真织的房间前，隔着门叫她。

真织知道是我来了，却说今天不想见面。

“对不起，之前给你添了太多麻烦。”

“今天，我真的有些承受不住。”

听到她的话，我一时间不知道该回答什么，深感无力。

我想说些什么，但知道此刻任何语言都无法安慰她。

我这个别人口中的大怪人，为什么偏偏在这种时候不能让日野开心呢？

说什么也是无用。

“好吧，那我今天先回去了。”

我只留下这句话，便离开了真织的家。

第二天，真织从一大早就很消沉。当我问及原因时，真织向我道歉了。她说昨天的自己把昨天发生的事都写进日记了，我特意上门看望她，她却对我避而不见，觉得十分抱歉。

我能做的只有装傻充愣，笑着叫日野打起精神，以及放学后两个人一起吃很多甜食。

我有些后悔，前一天就应该隔着门告诉真织——

“今天的事还是不要写进日记里了。”

可当时我又有些顾虑，没能说出口。

一天后，我才把这些告诉真织。她在吃了一大半的蛋糕前露出一副要哭的表情，有些难过地说：“好吧，我会把昨天的日记擦掉。”

我没能影响真织，没能让她的日记充满快乐。

我曾经不相信恋爱会给人带去力量，神谷却做到了。直到现在，他都让日野笑得那么灿烂。

“对了对了，下次再让我画你吧，我的男朋友。一个暑假过去，我又进步了不少。”

“可以啊，不过你画得再怎么好，我都不会变帅啦。”

“啊，那我就画点玫瑰当背景吧？那种会闪闪发光的……”

“搭配我的苦脸吗？这是什么超现实主义题材吗？”

记忆并没有存储在真织的大脑里，可真织和神谷看上去仿佛是老相识，二人之间总是充满了笑容。

今后，这两个人也会一直这样下去吗？

老实说，我偶尔也会羡慕他们。随着时间流逝，我的这些想法逐渐变成现实。

他们俩还和当初一样交往着，一起参加了体育祭、文化祭。秋天来了，寒风起舞，他们依然是一对恋人。

季节无声地更替，我一直近距离地观察他们。

到了秋天，真织的精神又变得不稳定了。尽管她还是来上学了，可一大早显得有些忧郁。

我很清楚，在真织的记忆中，昨天还是四月，结果一起床就已经过了将近半年时间。而学校里，周围的同学已经纷纷考虑起今后的出路。对比起自己，她又怎么能无动于衷呢？

就算真织勉强能从高中毕业，也不可能进大学，她的知识停留在高二的四月。读专科学校也不是一件易事，就业就更不用说了。

真织很少表现出来，可我知道她比任何人都努力。

她一定很痛苦吧。积累至今的东西一下坍塌了，仿佛一个诅咒，每一天都在耳边响起。她被名为时间和未来的东西抛弃了。

不过，现在的真织，身边有了神谷。

放学后，神谷陪着她，想尽一切办法让真织开心。每当他们在一起时，真织仿佛忘记了早上的忧郁，始终微笑着。慢慢地，即使神谷不在，她也能开朗地笑了。

渐渐地，我开始忙于学习，和他们俩在一起的时间越来越少。

时光转瞬即逝，高二的冬天到了。

临近圣诞节的时候，真织做起了编织。她每天织一点点，想送一条围巾给神谷。神谷则亲手烤了蛋糕，给了真织一个惊喜。

正月里，我们约在傍晚时分去神社参拜。镇上下了初雪，放学后，真织和神谷堆了一个小雪人。

真织和神谷在一起时，脸上始终有笑容。因为神谷，她才有了这样的笑容。

我偶尔想问神谷，为什么能坚持到现在？不过我大概可以猜到他的回答。

“因为我喜欢日野。”

其实我真的向神谷求证过。二月中旬的一天，也就是今天，我们三个人玩了一会儿后，我趁真织不在，对神谷提了这个问题。果不其然，那家伙一脸严肃地回了我一模一样的话。

我忍不住思考起“喜欢”这个词的含义。

从前，我见过深爱着的两个人因琐事而变得互相憎恨。二人因为生活方式的差异，金钱观念的差异，各执一词，争论不休。其实那只是借口，他们只是有了其他“喜欢”的人而已。就这样，二人慢慢地分开了。其中一方因为担心外界的风评会影响自己的前途，没有选择离婚，而是处于分居状态。

这曾经相爱的两个人，就是我的父亲和母亲。

也许父母的分开还有别的原因，可因为他们的事，我有一段时间陷入一种不相信任何人的情绪里，没办法找任何人倾诉。自己的伤口只能自行愈合，我曾经是如此孤独的动物。

初中时，周围的人经常会议论我，觉得我很冷淡，不知道整天在想些什么。他们说的我不否认，总之，很少有人愿意和我说话。

然而，升上高中后，真织却很平常地与我搭话了。她是个有趣的姑娘，随着每天的相处，我们在不知不觉间成了挚友，我也变得能信赖别人了。

“因为我喜欢日野。”

神谷没有丝毫犹豫，如此回答。他一定比我更喜欢真织吧。

“喜欢”是扎根于感觉的词，不靠人的意志和理论支撑。当你喜欢上某个人时，虽然之后可以思考出一个理由宣之于口，但和“喜欢”上的那一刻的直觉相差甚远。

人类的喜欢并没有理由，因为那是真正扎根于直觉的情感。

“因为喜欢就可以为了那个人做任何事吗？我不太明白。”

听到我略带自嘲的问题，神谷给出了以下回答。

“也不是什么都做，只是做自己能做的事。”

“是吗？你总说自己只做能做的事，可我看你有些爱逞强。”

我继续追问。而神谷望着被黄昏染红的天色，坦然答道：

“真的不可能做到的事情，我不会做，也做不来啊。可是，如果有一些想做的事，有一些能做的事，只需要付出一些小小的牺牲作为代价，我觉得那些一定是能让人觉得幸福的事。”

我一生都不会忘记那时看到的神谷的侧脸。不知为何，那张平凡又温柔的脸看起来在闪闪发光。

“在这之前，我的人生真的很无趣，总觉得自己像是看透了一切，对什么都冷冰冰的，提不起兴趣。我也一直老老实实的，没干过什么出格的事，从小便如此。现在想来，这就是对自己不自信吧。我也没有体弱多病，不过有段时间老往医院跑。你看我这么瘦，我其实还蛮自卑的。”

神谷难得噼里啪啦说了一堆，说着说着，突然笑了。

“可现在，我是真的觉得有日野的日子非常开心、快乐。有些事，虽然有些盲目和勉强，但只要我能做，我还是会忍不住想做。是日野给了我惊喜，也让我能重新审视自己。她让我觉得，我必须努力做一个优秀的人。”

然后，神谷转向我，笑着说：“我要是把这些话告诉她，她一定又会笑话我了。”

“是吗？”我摇摇头，一脸迷茫，喃喃自语道。

“不过绵矢，你不也是因为喜欢日野才一直帮助她吗？”

“你是这么认为的吗？难道我不是给人冷冰冰的感觉吗？现在的真织可不是普通人，我只是对不寻常的事物比较感兴趣，才待在她身边而已。其实，我都是为了自己。”

这不像是我会说的话。我比任何人都在乎日野，只是深深感到无力，什么都做不了……

“也许有这方面的原因，然而按照我对绵矢的了解，我觉得并不只是这样。”

“也许吧。”

“就是这样。你真的不知道吗？”

伴随着这样的对话，冬天眼看着就要结束了。

春意渐浓，新的一年来临。

春假时，我们也时常三个人一块儿玩。我们去了以樱花树之路而闻名的公园，一起赏了花。

“好像有诗人称樱花是天空中无名的雪。”

樱花树下，神谷仰望天空，说出如此优雅的话。

“我还是第一次听说。无名之雪啊。不过，确实挺像雪的。”

真织非常崇拜神谷，神谷则带着微笑温柔地注视着日野。

接着，神谷聊起了与五月病有关的故事，是从姐姐那里听来的。春天忙得不可开交，一到五月，大家都难免放松下来——这是姐姐告诉神谷的五月病。

五月啊。到了五月，我们又会变得如何呢？

我望着那无名的桃色之雪，暗自想着。

升上三年级，我和真织去了不同的班级，真织不再是精英班的学生了。春假到来之前，我与级长商量，让他想办法把真织与神谷安排在同一个班级。

四月一到，我和真织就不在同一间教室里了。

如今，无论在教室里外，我都能见到从前直到放学后才能说上话的真织和神谷亲密无间无话不谈的样子。

每到这种时候，我又开始思考“喜欢”这个词。

神谷说过，“程序性记忆”是扎根于感觉的记忆。如此看来，“喜欢”这种感觉也印刻在真织的身体里了吗？

“真是不敢想啊。我高三了，有个男朋友，还和那个人同班。”

学习再忙，我也会尽量在晚上和真织通电话。不过我已经明白，真织熬过了高二这一年，今后也一定会没事的。

因为神谷就在她身边。因为神谷就是那个明知道日野记忆有障碍，还义无反顾地喜欢日野的家伙。

我每天只顾着学习，日子都有些过得稀里糊涂。大家都说，高三的生活就是每天被考试追逐，时间一眨眼就过去了，我深感于此。

背水一战的夏天还没走远，在铅笔不停的晃动中，秋天如约而至。冬天，我参加了中心考试，之后还有最为关键的志愿学校的二次考试。等我回过神来时，又是一年的春天到了。

说长不长，说短不短，高中三年的时光就这样结束了。我们三人都顺利地迎来了毕业典礼。

神谷通过了邻镇政府的选拔考试，春天起就要在那里工作。

真织的画技也有了不小的提高，今年春天，她报了绘画兴趣班，一边学习画画，一边继续静静地等待身体的康复。

尽管有些不值一提，我如愿考上了省内的大学。

毕业典礼那天，真织不停地说："简直不敢相信。"

这份难以置信并不是感叹时光飞逝，而是感叹自己在如此状况下仍然能顺利地读书、毕业。

已经不用再担心真织了吧。看着拿着毕业证书欢蹦乱跳的真织，我产生了这样的想法。

即便早上醒来真织还是会被迫直面现实，可是，她有一段经历，诉说着一个有记忆障碍的人也能顺利毕业；有一本日记，可以将过去的自己与现在的自己紧紧相连；有一本速写本，见证了画功的不断进步；有一个男朋友叫神谷，虽然今后没办法像以前一样天天相见，但从不会离开她。

高中毕业后的春假里，大家也没闲着，各自在为自己今后要走的路做着准备。

那天，我们三人久违地又聚在了一起。

“回见啦，今天谢谢你们。”

我和神谷一起目送着真织在检票口朝我们挥手，然后慢慢消失在人群中。我和神谷都要去购物中心办点事，真织就先回家了。

毫无预兆地，神谷开口了。

“绵矢……”

“嗯？”

或者说，是神谷终于做好了所有准备？

“我可能要和你说点严肃的事情。”

神谷用认真的表情看着我，那微妙的语调和表情让我感到困惑。

那是当人们想要说出内心想法时才会有的气氛。

突然间，我觉得好像只有自己被抛到了现实中，可我必须开口问：

“干吗，怎么了？”

神谷踌躇了一下，想要说些什么，又将话咽了回去。

许久，他像是终于下定了决心，说道：

“我的心脏可能有点问题，所以……”

一瞬间，我觉得过去见到的景色全部变得模糊了。

2

六月九日（星期一）

清晨在家：没有变化。

学校的班会：说了期末考试的事。外加老师的笑话（无特别需要记述的）。

第一节课间休息：和小泉聊星期六的事情，与那天在公园野餐有关。当天的便当都是小泉准备的，我表示下次我也会努力。小泉笑了笑，让我还是算了吧。

第二节课间休息：小泉出去了。大概是去图书室了。铃木问我放学后的安排，我说有事就糊弄过去了。她好像有些不满。大家聊得很开心。她最近很喜欢看视频直播（在笔记本人物一栏里进行追记）。要想办法挽回吗?

第三节课间休息：和小泉聊天。我告诉她，最近和铃木他们好像有些疏远。她安慰我说“别怕，真织你还有我呢”。我笑了笑，小泉又开玩笑说我是只可远观不可亵玩的高岭之花。

第四节课间休息：和小泉说话。我故意说了个冷笑话："转眼就到六月了啊，可在我看来还是昨天的事。"小泉笑着对我说这是我第二次用这个梗了哟。这个梗我以后要注意（在笔记本人物一栏里进行追记）。

午休：和小泉共进午餐。小泉吃了自己做的 BLT 三明治。

第五节课间休息：小泉最近好像迷上了红茶，尤其喜欢一款名为伯爵夫人的红茶。这款红茶是为了格雷伯爵的夫人专门泡制的。我也好想喝。

放学后：小泉说最近不需要再给妈妈打工了，问我之后有什么想做的事。

骑自行车载人、家庭餐厅、游戏厅、卡拉 OK、假日水族馆、游乐园……虽然提了各种建议，最后除了骑自行车载人以外都 OK。

然后，小泉说了半天骑自行车载人违反交通规则行不通，最后却决定今天去骑车。小泉还是那么带劲！我们在停车场发现没人要的自行车，小泉很快就把车胎修好了。

为了不让老师和警察发现，我们挑了一条稍远的乡村道路骑自行车。

好有趣。风很大。我回想起来的时候还是很开心，这就是青春啊。清早起床时的绝望好像不复存在了一样。我真厉害啊。我真了不起啊，能有小泉这么个好朋友。

尽管我有记忆障碍，可觉得自己每天都过得这么开心。

我坐在自行车后座有点害怕，仍发出了奇怪的笑声。小泉也笑了。我们骑了好久好久，最后心满意足地推着自行车回到学校。

小泉问我明天怎么安排。她说，如果明天还想继续骑车也没关系。连续两天她也不会在意。

毕竟我现在唯一的优点就是每天碰上的新鲜事物是真正的“新鲜”。无论多少次，都能把新的事物永远保持在新的状态里，并且乐在其中。

我变得有点乐观了。小泉，今天也谢谢你。

去补习班之前，我打开笔记本电脑，阅读高中时期的日记。这究竟是我第几次读这一天的日记呢?

遗憾的是，日记中所记录的事情并不存在于我的大脑。然而，也有让人欣慰的——在日记中那呼吸着、行动着的，确实是如假包换的我。

我有一个秘密没有告诉补习班的朋友。从高二的四月末开始，大约三年时间，我一直有记忆障碍。睡觉后，我的大脑开始整理记忆，一天的记忆就这样被删除，无法存储下来。这是一种特殊的记忆障碍，其他地方也有类似的病例，不过，这种记忆障碍暂时无法治疗，只能依靠人类自愈。

当然，越年轻自愈的效果也会越好，而我在三个月前，也就是四月的时候，总算康复了。

没错，我还记得昨天的事情。

我至今还记得那段患病的日子。每一天睡觉前，我都会感到不安。早上一醒来，我就会忘记前一天的事。在如此状况下，我顺利读完了高中。这让我吃惊，也给了我希望，可依然缓解不了我的不安。每天清晨，我都会查看电脑里的笔记和日记，只有这样才能了解现今的状况和到目前为止发生过的事。

通过这些，我知道父母和小泉为我牺牲了太多，他们不遗余力地帮助我顺利从高中毕业，甚至让我重新拾起初中就扔掉的画笔，还上了美术兴趣班。

有记忆障碍的我虽然不能存储信息记忆，但只要是扎根于身体的，一种名为“程序性记忆”的感觉记忆就可以存储。

慢慢地，我习惯了画画。高中毕业后，我偶尔也会约小泉见面，除此之外，一天的大部分时间都是对着速写本度过的。

直到康复的前一天，读完日记后，我也画了画。

我能画出自己所想的线条，也可以直观地捕捉人或物的轮廓。这份喜悦充满了新鲜感，让我十分感动。可一到睡觉时，我就变得胆怯。话虽如此，即便不睡觉，也只会让明天的自己更加痛苦。就这样，我不安地躺在床上，渐渐沉入梦乡。

第二天醒来时，我还在心里暗暗想怎么又睡着了。虽然我觉得哪里有一些不对劲，但又想着这是起床时经常会有的情况，便没放在心上。

我沐浴着晨光下了床。高中时，我好像总起得很早，不过毕业后会一直睡到太阳出来。

我睡眼惺忪地看了看墙上的贴纸。

“我因为遭遇事故，产生了记忆障碍。一定要看笔记本电脑里的记事本和日记。”

“即便如此，我还是毕业了哟。我真棒。”

“一日入魂。”

“不要忘记对家人的感恩之心。”

我漫不经心地看着这些纸，这才想明白为何醒来时会觉得有些不对劲。

本该忘记的一切——昨天的事，我还记得。

这本是一件再正常不过的事，我的脑子却一片空白。

像昨天一样，有人敲我的门，是妈妈。她走进房间，见我一直盯着墙上的纸，投来有些惊讶的目光。

我不知道该摆出什么样的表情，把脸转向妈妈。

“妈妈，记忆障碍到了第二天早上还能维持一段时间的记忆吗？昨天的事……我记得很清楚。”

听我这么一说，妈妈瞪大了眼睛，说不出话来。

这样的事似乎从来没有发生过，妈妈慌慌张张地叫来爸爸。我的脑子虽然也是一片混乱，但还是能一一回忆起昨天的事情。

爸爸来了之后，我们一家人确认了昨天发生的事。我的记忆很正常。

父亲猜测也许是我睡眠太浅的缘故，让我再睡个回笼觉。

一觉醒来本来就不容易入睡，再加上大脑异常兴奋，我根本毫无睡意。睡眠诱导剂似乎也没什么效果。

妈妈决定带我去医院检查，开始收拾必须带的东西。爸爸准备回房间联系公司，打算请半天的假。

我对爸爸说没关系，可是他坚决不听，一定要陪我和妈妈一起去。

“因为你的健康是很重要的事，所以没有对不起我。”不知道爸爸是不是太过激动，他罕见地说了一些心里话。

平日里冷静的父母坐立不安，提早三十分钟就到达医院，我们只好在车里等了一段时间。

问诊开始后，我们向医生说明现在的情况，并和父母一起确认了昨天的记忆。

医生对我进行了精密的检查，不过结果暂时无法断定我是否痊愈了。于是，我们打算观察一天，明天再来一次医院。回家的路上，爸爸和妈妈似乎看到了希望，显得很高兴。

虽然不知道是不是真的恢复了，但爸爸还是笑着对我说“一定没问题的”。只是，他不时凝视远方，用力握紧方向盘，言语中有一丝忧愁。

第二天，我和妈妈两个人去了医院。

前天，昨天，这之后的第二天，第三天，第四天……所有的事情我都记得清清楚楚。

“我目前还不能断言……不过，真织小姐正在从记忆障碍中慢慢恢复。”

听完医生的话，妈妈用手捂着嘴，背过脸，压低声音哭了。这是我第一次看见妈妈哭泣的样子。

我给爸爸打了电话，把从医生那里听到的事情告诉了他。父亲在电话那头笑着说“和我说的一样吧”，最后也有些哽咽了。

我也把这件事告诉了正在省内重点大学读大二的小泉。她立刻冲来我家。

“真织，你没骗我吧？你的记忆障碍真的好了？”

“嗯！小泉，我做到了，真的做到了！就是我到现在还觉得不太真实，好像是整人节目一样，那个被整的人就是我。你想啊，几天之前我的记忆还停留在高二呢，可是时间真的已经过去那么久了。不过，医生说我会慢慢恢复的。”

我兴奋地拉着小泉说个不停。她的表情有一瞬间像是因为什么感到遗憾，但下一秒，她也跟着我笑了，刚才一定是我想多了吧。

从此，我再也不会忘记前一天发生的事，终于可以过上正常人的生活了。

我打算念大学。作为一个行动派，我立刻报了补习班，现在是复读生。

除了周末，我每天都去补习班。为了重新拾起之前落下的知识，我努力地学习。

只是，我心中仍然留着一些遗憾，于是常常打开电脑，反复阅读当年患有记忆障碍时写下的日记。

刚才读的是高中时期的日记，那天我和小泉骑着自行车在乡间道路上奔驰。我想，这就是充满青春气息的友谊吧。

幸亏有小泉陪在身边，我每天都过得十分开心。她真的太好了。我提出的每一个任性的要求，她都配合我，努力帮我实现。

高中时用的手机好像坏了，我没办法看到当时拍摄的照片和视频。幸运的是，电脑上的日记还原封不动地保存着。

我心中充满了感激。如果没有小泉，我一定无法顺利从高中毕业。是她一直坚信我一定可以活出新的人生，还一路陪我走完了我的高中生涯。

我怀着感恩之心，继续过我的日常生活。

早上醒来，确认昨天的记忆还在。吃过早饭，坐上电车去补习班。

我在补习班也交到了朋友，和他们时而发发牢骚，时而嘻嘻哈哈——这些事终于不再只是我的奢望，我过上了正常的生活，只是年龄比他们稍大了几岁。

晚上，为了排解学习的紧张，我偶尔也会画画。尽管之前也上过美术兴趣班，可是以我的水平想要冲击艺术类大学还是火候欠佳。不过我已经十分满足了，单纯把画画当作是一种乐趣。

日子就这样过着，来到一个秋意渐浓的星期天清晨。我在房间里发现了一个我没见过的速写本，像是被人偷偷藏在了书架后面。

为了适当转换心情，今天我给房间来了一个大扫除，这才发现了这本速写本。

我拿到阳台上掸了掸灰尘。打开速写本，发现里面画着一个陌生的男子。

瞬间，伴随着刺痛，我的心脏扑通一声，剧烈地跳动起来。

咦，怎么回事？

我合上速写本，但心跳仍在快速地跳动。扑通，扑通，像是在拼命向我诉说着什么。

我回想起画的细节。没错，这是我的笔触，看起来是我过去画的画。它不在我的记忆中，那一定是在我还有记忆障碍时画的。可是，它为什么会被放在那种地方？

我想了半天也想不出。难道是因为不想被别人看见吗？

不想被别人看见的东西？比如什么？

比如……画了我喜欢的人，之类的？

这个想法连我自己都觉得有些荒唐。一个有记忆障碍的人怎么可能喜欢上别人啊？

说来也奇怪，也不知道为什么，现在的我完全不想喜欢上任何一个人。

补习班里有各种各样的男子，有人品好的，也有长得帅的。他们向我搭话，我却完全不为所动。

我想着这些，再次打开速写本。眼前的男子看起来有一点点不靠谱，不过能让人感受到深深的温柔。

不可思议的是，尽管有很多他的画，但他要么是含蓄地微笑，要么是侧过身害羞地微笑，没有一张是正面微笑的。

我一凝视他，心脏就会再次异常地跳动起来。

这个人是谁呢？我找遍了日记也没有这个人的存在。妈妈会认识这个人吗？可我有些不好意思问她。

那么，小泉呢？

我本想拍成照片发给她，又想到今天下午约了要见面，不如到时候当面问吧。

我这样想着，又望向速写本上的男子。

3

“我的心脏可能有点问题，所以……”

神谷说出这句话时，我的大脑仿佛停止了思考。回过神来时，我意识到神谷并不是那种爱开玩笑的人，语无伦次地说道：

“是……是吗？但是，应该不会吧？应该不是那种特别严重，立刻就出事的问题吧？”

我试图用故作轻松的语调来驱散此刻严肃的气氛，神谷淡淡地笑了。

“嗯，只能说有一定的可能性。其实，我昨天晕倒了，也许是太累了。”

他的晕倒没有任何预兆，就这么突然发生了。

昨天神谷与真织约在图书馆见面。骑自行车回家的途中，神谷突然感觉胸闷。他也不知道发生了什么，就先把自行车停在人行道旁边想要休息一下，突然间脚底失去了力气。他说他想把手放在自行车的后座上，不想连人带车一起摔倒了。

等睁开眼时，神谷发现他躺在医院的病床上。

听说是路人目击了神谷倒下的样子，帮忙叫了救护车。

至于症状，虽然有点奇怪，但医生说是单纯的昏厥，他的意识也很快恢复了。只是这并不能排除问题来自心脏，日后还需要进行精密的检查。

虽说是日后，但检查宜早不宜迟，必须赶快进行，最好还有人陪伴。医院方面进行了安排，检查定在两天后，也就是明天。

“我妈妈就是因为心脏病突发去世的，所以小时候我也做过各种各样的检查。那个时候好像没检查出什么先天性的疾病，不过我爸爸这次特别慌，因此我决定明天再去检查一下。”

神谷确实提过小时候经常跑医院的事，没记错的话，是他第一次说起母亲时提及的。我故作镇定，用若无其事的口吻回道：

“这样啊。对了，如果有什么我能做的事，你尽管开口。不过，我只做我想做的事哟。”

听到我半开玩笑的话，神谷微微一笑。

说到玩笑，我突然回忆起我曾经和他说过“你悠着点，千万别过劳死”这种话。

我当然不相信玩笑话会一语成谶，可此刻我竟然有些害怕。

神谷听到我的话，犹豫了一会儿，突然表情变得严肃起来。

“那个……如果，我是说如果啊。怎么说呢，这世上没什么事能百分之百肯定的。趁我现在还没有忘记，还是先和你交代一下吧。我这次虽说没什么大碍，可是你想，人其实不知道哪天就没了。”

“啊？等……等等，神谷，你在说什么呢？”

迎面的风又冷又干，那种刺骨的感觉直直地扎进我的心里。

“如果我死了，我希望你把我从日野的日记中删掉。”

一切语言从我脑海中消失，视野里只剩下一个温柔的男子。

如果神谷死了的话……

“不过，日野的日记都是手写的，还有一些重要的东西写在另外一本笔记本上，所以不太好删。得把这些东西弄到电脑里，再把和我有关的事情替换成别人，还挺麻烦的。”

神谷说到这里的时候，我再也忍不住了，心中挟裹着的各种感情化作巨大的声音从嘴里涌出。

“什么？你说什么呢？”

我害怕地望着神谷的眼睛，他的眼神清澈而平静。

“说正经事。”

“我不想做，要做你自己做。”

“是啊，也对。抱歉，我说的话很奇怪吧？可是，我希望你能好好听我说。”

“我不。”

即便我坚决拒绝，神谷依然苦笑着说了下去。

“我和失去记忆之前的日野几乎没有任何关系……就算我死了，只要日记里没有我的影子，日野根本不会记得我这个人。”

这句话让我想起了过去也曾有过类似的事情。那是在真织精神状态不稳定的时候，真织亲手抹掉了日记中那些不开心的日子。

“没错，她是可以彻底忘掉你，但是神谷，难道你无所谓吗？”

自己的一切完全从恋人的人生中消失，真的会有人愿意见到这样的事情发生吗？

神谷看着我的脸笑了，笑容是那么悲伤。

“我觉得挺好的。其实设计成分手也行，不过我估计日野会想要找我吧。如果发现我死了，对她的精神还是会造成影响。思来想去，虽然有点麻烦，但我觉得不如从一开始就没有我这个人会比较好。这样一来，我和她就是毫无关系的陌路人，这不是挺好吗？”

耳边传来一句句让人悲伤的话语，我不禁低下头。

“可是……说什么死啊，怎么会呢？你肯定没事的。”

“嗯，我知道。怎么说呢，人类本身就像奇迹。你不觉得人真的很厉害吗？不像工业产品，既没有设计图，也没有熟练的工匠。我们在母亲的肚子里孕育，呱呱坠地，然后有了生命。不，其实在更早的时候我们就活着，这足够称得上是奇迹了。可就是因为我们不是按照图纸量产的机器人，所以当出现异常时并不能马上知道，也不能通过更换零件去解决问题。这样活着，其实什么也没活明白。很不可思议，却又很棒，同时也让人胆怯。”

说完，神谷静静地看了看自己的左胸附近。

回想起来，那时我要是能对神谷说点什么就好了。

我应该向神谷传达什么，如此一来，真织也会高兴。

结果，我什么话也没说。因为我觉得神谷的话中，其实有那么一点点正确的东西。

而且，我的脑海中闪过真织精神状态不稳定的模样，以及长久以来，真织父母一直担心的并发症一事……

“我胡说了一堆，抱歉。”

我哑口无言，神谷向我微微一笑。他看了看时间，说了声“差不多该走了，那回头见”就离开了。

在我心中，只留下淡淡的微笑。

我得知神谷透因为心脏病而猝死的消息，是在第二天晚上。

那天晚上，是神谷的姐姐告诉我这个事实的。

我有些担心检查结果，决定打电话给神谷，结果没有人接。我想起以前他说过自己很少会看手机，我不知是真是假，姑且挂断了电话。

过了大约三十分钟，神谷打了回来。

我松了口气，拿起手机。

“真是的，没事要多看看手机啊，检查结果怎么样？”

“啊……检查结果说，当时没有发现明显的异常。”

我马上意识到那不是神谷的声音，可声音有些似曾相识。

“请……请问神谷呢？”

听到我的问题，听筒传来清澈却哀伤的声音。

“透……弟弟因为突发心脏病，已经去世了。”

时间刚过晚上九点。

我的房间仿佛被无限地扩张，黑暗自下而上，逐渐把我吞噬。我不由得头晕目眩。

姐姐在我耳边说着什么。

差不多两个小时前，神谷在自己家中倒下了。

我听着姐姐一连串的话语，陷入了深深的混乱之中。人，就这么突然不在了。

昨天还面对面说话的人，死了。

姐姐说明天再告诉我具体的情况，我们约定明天下午三点见面。我暂时放下电话。

名为悲哀的波浪声在我的脑海里此起彼伏，不知不觉间变成我的心跳声。

在这个不断失去拥有之物的世界里，我对死亡毫无防备。

因为神谷面对过母亲的突然离世，所以他也做好了准备吗？

昨天那番让人震惊的话语，其实是……

虽然没什么意义，但我开始在网上查询和心脏病猝死有关的信息。我的身体在颤抖，浑身冰凉，如果不做点什么，我就要被那彻骨的寒冷吞没了。

“有些被认为是健康的人也会猝死，其中一种就是突发心脏病导致的死亡。大家不能将此看作是事不关己的事，这种情况会随时随地发生在任何人身上。心脏原因导致的猝死甚至比因交通事故而死亡的人更多。在日本，每年约有六万人因此丧命，这相当于每五至七个人中就有一个人因心脏病离世。”

“目前，心脏检查被广泛地用于小学、初中和高中，但仍有很多人在课堂中发病的情况。在过去十年中，有超过三百名学生在校内猝死，发生在校外的例子就更多了——”

“近来，AED（**注：自动体外除颤器**）被大家广泛熟知，在车站等公共设施中能经常见到它们的身影，然而很少有家庭放置供以急救的 AED。若未能采用 AED 对患者进行紧急救助，每晚一分钟存活率降低百分之十。若救护车的抵达超过八分钟以上时，存活率将至少下降百分之八十。”

我不为所动地看完了这些。

突然间，我想起神谷说过的话。

“人类本身就像奇迹。可就是因为我们不是按照图纸量产的机器人，所以当出现异常时并不能马上知道，也不能通过更换零件去解决问题。这样活着，其实什么也没活明白。很不可思议，却又很棒，同时也让人胆怯。”

像奇迹……属于神谷的奇迹已经结束了吗？

我的眼睛有些发热，泪水涌了出来。

我伏在桌子上，像个孩子一样，放声大哭。

第二天午后，我犹豫再三，最终决定前往真织家。

真织有了记忆障碍后，曾极力回避和我以外的人交往。

其中有各种原因，比较麻烦的一点是，如果每天使用各种社交软件进行联系，处理起来很花时间。再加上，看着大家脚踏实地向前走，落单的真织很有可能受到刺激。

班主任也知道情况，应该不会把神谷的死讯告诉真织。

可真织的日记里有神谷，总有一天，她会发现神谷不在了。

既然如此，正因为我是他们二人的朋友，所以如此重要的事必须由我来传达。

当我下定决心将神谷透的死讯告诉真织时，她已经在房间里说不出话了。

“神谷……神谷透同学，是我的男朋友吧？”

我低下头，真织用悲伤的声音继续说道：

“这不可能……我刚刚还看过日记。我……我特别期待今天的见面。他对我，应该是很重要的人……”

我依然低着头，耳边传来真织努力抑制呜咽的声音。

我抬头望去，发现真织哭了。她的脸因悲痛而扭曲，大大的眼里挂着泪珠。

“为什么，好奇怪啊？我应该不记得他才对。好奇怪。我的眼泪……止不住……长相也是看了照片才知道，之前和他的对话都是靠日记才能了解。为什么，为什么……”

“真织……”

我不知道往下说什么，可我必须说。

“一点也不奇怪。虽然我不知道你们怎么看待你们的关系……”

胸口的疼痛随着呼吸间不断加剧，然而神谷已经无法体会这样的苦痛了。

为什么是神谷？为什么，为什么？如此温柔的神谷，究竟是为什么……

我这么想着，努力让自己不崩溃。

“不过我觉得你们俩真的特别般配。不管你有没有关于他的记忆，也不管你们相处了多久，因为你们是互相思念的，所以……”

我再也说不出话来，再次流下了眼泪。

接下来，在真织的追问下，我向她说了有关神谷的一切。

神谷是多么地在乎真织，二人间是怎样的气氛，他们都去哪里玩过……

越说下去，我们越无法忍受神谷已经不在的事实。

然而，时间确实在一分一秒地流逝着。

我决定和真织一起去见神谷的姐姐。

我们脚步沉重，思考混沌，下了电车后，步行前往神谷家。

按下门铃，姐姐出现了。

虽然在杂志和荧幕见了太多次，昨天也通过电话，可像这样与西川景子直接见面，对我而言还是第一次。

她邀请我们进门，我们在过去经常与神谷喝茶的餐椅上坐下。

未曾谋面的神谷父亲还有别的事要忙，那天并不在家。

神谷的遗体暂时安置在医院，家里正在准备守灵和葬礼的相关事宜。

姐姐开始慢慢地、清晰地向我们讲述神谷去世之前的详细情况。

神谷是由姐姐陪着去检查的。

芥河奖获奖后的这一年半时间里，姐姐被很多媒体竞相报道。获奖后的第一部作品也于今年一月发售，获得了很高的评价。姐姐忙里偷闲也要陪神谷去医院，想必是非常担心吧。

姐姐陪着神谷，上午先是面诊，紧接着进行了精密的检查。检查持续到下午，当天并没有出结果，但也未发现心脏有明显的异常。

两人做完检查后回到家中，姐姐告诉早早回家的父亲检查结果并未发现异常。父亲松了一口气，神谷进浴室泡了两天以来的第一个澡。他泡好出来时，父亲和姐姐正在做饭。

神谷微笑看着眼前的情景。被姐姐问及原因时，他是这么说的：

“事情全部过去之后，我就觉得以前的那些事都是小事，感觉我们一家三口现在这样挺好的。”

姐姐让神谷好好躺着休息，继续陪父亲做饭。突然，他们背后传来东西倒下的声音。

二人回头一看，发现是神谷晕过去了。姐姐急忙叫来救护车，对神谷进行了人工呼吸和心脏复苏，可他没有任何反应。急救人员赶到现场后又进行了救治，依然没有效果。

几十分钟后，神谷在医院被判定死亡。

时钟的指针声在三人之间游走，我们就这样呆呆地坐在房间里。

也不知过了多久。

“其实，我听说了你们很多事。”

姐姐看了看我，又看了看真织。

我的喉咙像是被火灼烧过，干巴巴的。我咽了咽口水，问道：

“是神谷……是透同学说的吗？”

“是啊，他经常很开心地和我聊到你们。我和真织之前在烟花大会上打过照面。对了，顺行性遗忘症，在那之后有改善吗？”

姐姐向一直低着头的真织问道。

我和真织都睁大了眼睛。

“哎？姐姐为什么会知道我的症状……”

真织这么一问，姐姐显得有些惊讶。

看来是神谷把真织的记忆障碍告诉了姐姐。不过，向家人说明情况也在情理之中。

然而，真织并不知道，神谷早已知道真织的记忆障碍。

我有些喘不过气，姐姐继续说道：

“对不起，我不知道你们之间具体是怎么回事，不过透一直在假装不知道你的症状吧？”

“我……我生病的事是瞒着透同学的。可……可是……他怎么会……我……”

接着，真织把他与神谷之间的事情一一道来，其中包含我不知道的部分。

神谷向真织表白是为了保护朋友。这段交往外加了条件，其中第三个条件是……

“我想透是真的喜欢上你了，至少在我看来是这样的。”

姐姐的这句话让真织瞬间哑口无言。

“我不知道。我什么都记不起来，真的全部忘记了。要是没有日记的话，和他相处的点点滴滴真的就像不存在一样。”

真织断断续续、哽咽地说道，听起来非常痛苦。

“可是，每一天的我从他那里得到了许许多多的勇气。他……透同学曾经对我说过，要让明天的我也过得开心。是他拯救了每天的我。其实今天，我很期待和他的见面，可是……”

真织再次低下头，姐姐顺着真织的话往下说：

“谢谢你告诉我。不过，记忆不能保留这种事怪不了任何人，更何况透是在了解你的情况后和你交往的。我想透也一定和你相处得很开心吧。烟花大会的时候，我见到他和你在一起，真是吃惊不小。我以前还不知道，他也会那么喜欢一个人。在他最后的那一刻，如果他能想起谁，那么一定是幸福的。谢谢你。真的。”

我慢慢等着真织冷静下来。姐姐告诉我们今晚守灵的时间和会场，之后我便与真织离开了神谷家。

我的大脑从昨晚开始就陷入一片混乱之中，我该做那件事吗？

神谷死后，只有我能完成他的遗愿。

在与真织往最近的车站走的途中，我决定返回去再和姐姐说些话。又因为不放心真织，我坐上出租车送她回家。我们约好等会再见，现在就在此别过。

当我再次按响神谷家的门铃时，姐姐一脸惊讶。

“是你……怎么了？落下什么东西了吗？”

“不是。那个，透同学拜托过我一件事。可是……我不知道怎么做比较好，想请姐姐帮我出出主意。”

不知是理解了我的苦衷，抑或因为是来自弟弟的愿望，姐姐稍稍停顿了一会儿，点了点头。

“好。”

坐在餐椅上，我向姐姐说明了真织的笔记本和日记，以及并发症可能带来的危险。之后，我传达了神谷要求将自己从记事本和日记中删除的事情。

听完后，姐姐沉思了一会儿。

“记事本和日记的电子化，不管是实物还是复印件，只要拿来我就能做。我也能把写有透的地方删掉，换成别的人物或剧情。我就是靠这个吃饭的。”

姐姐的话让我不知该做何反应。然而，我又想起得知神谷去世的消息时真织的焦急与沮丧，于是问道：

“姐姐，你觉得这样做好吗？”

我的心里没有答案，而且这件事也有必要告知真织的父母吧。

只是……一旦我们这样做了，神谷将彻底地从真织的日常生活中消失。但如果留下，也许今后的真织每天都会活在痛苦之中。

“我认为，这不是好或坏的问题。”

姐姐如此回答我。

“世界是由语言编织而成的，并且人类十分依赖语言。如果你往好的方面想，任何事都会变好。反之，如果你往坏处想，事情就会变糟糕。这次的事情就是一个典型的例子，因为没人能知道最后的结果。如果不把透从日记里删除，真织可能陷入痛苦。而看到真织的样子，你可能会痛苦为什么不按照透说的做。相反，如果把透从日记里删了，也许能帮助真织，但这样你的良心又会不安。在现在这个时间点，没人知道真正的结果会是怎样。”

我静静地倾听姐姐的话。

“生是无可奈何，可这无可奈何本就是人世常态。既然如此，无论是真织还是我们，无论换谁痛苦其实都无关对错。只是……绵矢小姐，透托付的人，是你。因此，做决定的人也应该是你。唯一的判断标准就是你到底是想还是不想。我会遵从你的判断。要是你实在无法自己做决定，就把我说的当成理由。如果那是透的遗愿，我想帮他实现，但是……”

姐姐低下头，不再说话。

就像过去那样，我又陷入了自我厌恶中。

最后，我还是无法下定决心，就这样离开神谷家，向真织家赶去。

房间里，真织像生了病一样在床上躺着。

我想象着明天的真织：清早醒来，接受自己有记忆障碍的事实。知道男朋友的存在。可那个男朋友已经死了，只剩下写满过去快乐日子的日记。日复一日，无休止地面对两个残酷的现实——自己的记忆障碍，爱人的死亡。如果再引起并发症，每天只能痛苦地活着……

不，算了吧。别用真织的状况去合理化自己的选择。正如姐姐所说，自己是想做还是不想做，仅此而已。

而且，我不是总爱说大话吗？只做自己想做的事，不做自己做不到的事。

如果和真织商量，她一定不会同意吧。我不会再犹豫。我要独断专行一次。

要行动还是趁早。

我知道笔记本和日记在哪儿，真织也不会一直躺在床上。真织去洗手间时，我打开桌子的抽屉，把笔记本和日记都收进自己的包里。真织回来后，我说要去便利店就出去了。

我把好几本日记与笔记本一一复印好，又买了信封分别装好。

等我回到真织房间时，天色开始暗下来了。

如果真织发现笔记本和日记不见了，我打算找个理由蒙混过关，就说这个节骨眼不适合阅读日记，由我先代为保管。

然而，真织什么也没说，灯也关着，仍然和刚才一样躺在床上。

看来真织也无意去管笔记本和日记的事了。虽然复印花了些时间，不过真织并没有怀疑。

我从便利店买了一些点心，提议一起喝杯茶。接下来还有守灵，这一天对我们来说还很漫长。

真织无力地站起身，说去厨房准备茶，便走出房间。

我趁机把笔记本和日记放回了原来的地方。

等时间到了，我们就出门去往守灵的会场。

会场里，我装作不经意地把装有复印件的信封交给姐姐。

与神谷的父亲简单交谈后，我发现他比我想象中的更为可靠。他强忍悲伤，带着为人父的强大毅力打点着一切。

神谷的父亲见到真织，仿佛察觉到什么，深深低下了头。我知道他们二人曾在烟花大会上见过面。

“感谢你特意前来。故人他……透一定很高兴。”

大概只有我注意到，神谷父亲的脚边出现了几滴水滴。

焚香时，真织浑身颤抖，直直地望着灵柩中神谷的脸。

第二天上午，因为担心，我去了真织家，只见她脸色阴沉地坐在房间里。

看来神谷的死被记录在笔记本和日记中，并且她读了。

昨天，我怀揣着明确的意图，没有阻止真织记下前一天的事。我想把真织真实的反应刻在眼里。

得知恋人已死的事实，真织会变得如何？

虽是活着，但也像是死了，真织比我想象中的还要憔悴。

午后，我单独去见了姐姐。

神谷的父亲说一切交给他，揽下了葬礼等相关事宜。

姐姐从昨晚开始一刻也没睡，一直忙着用电脑把笔记本和日记的复印件电子化。不单单是删除关于神谷的记述，为了逻辑通畅，她还把有神谷的地方全部换成了我。

本来，高三时我与真织并不在同一个班级，姐姐将其改成高二之后我们又被分到同一个班级。这样一来，在人际交往上也看不出什么不对劲的地方。

姐姐向我解释做出了更改的地方，让我看看有没有哪里不自然。

我点了点头。姐姐说要稍微躺下，于是去了透的房间。

我总以为那般坚强的姐姐不会落泪，可没一会儿，房间里传来了压低声音的哭声。那悲哀穿过房间浇满我的全身，我的眼泪夺眶而出。

然而，现在还不是哭的时候。我想起自己该做的事，擦了擦眼泪。

我将真织原本的日记和电脑里的进行比较，一一确认细节。

每一本日记，每一页纸都写满了真织和神谷的记忆。

读日记就像见着了真人——二人永远地开心笑着。

神谷就是这样……透就是这样一路陪伴着真织。

我这么想着，眼泪又不由自主地涌了出来。

4

之后的几天里，透的葬礼结束了，我的确认工作也结束了。

在瞒着真织的状态下，我、真织的父母、神谷的姐姐齐聚一堂，一同商量今后的事。真织的父母在透生前就知道他的存在，向神谷的姐姐表达了深深的感谢与痛惜。

姐姐表示想帮弟弟做完最后一件任性的事，坚持要为真织买部新手机。真织的父母也不肯退让，最后大家均摊了购买新手机的费用。

办完手续之后，新手机被交到了我的手里。

真织现在的手机里有透，在她的视频里，照片里，短信里，和我的聊天对话里。为了消除这一切，有必要换一部新的手机。

至于为什么要突然更换手机，我们让真织的父母告诉真织，就说旧手机出了故障。在电子化后的日记中也要如实地记录这一点，而聊天记录就说成没有迁移成功。

透的葬礼结束后的第三个清晨——

我事先与真织的父母商量好，一大早就来到了真织的房间。

由于真织的精神一直有些衰弱，在母亲的要求下，她现在睡在父母的卧室里。

这是一个清冷的早晨。我呼吸着早晨的空气，小心翼翼地打开无人房间里的书桌抽屉。

我拿出所有的笔记本与日记，小心地收进了自己包中，然后拿出真织的笔记本电脑放在书桌上。启动电脑后，我把从姐姐那里收到的笔记本和日记的数据全部转移到笔记本电脑的桌面上。

从透死后到昨天为止的日记，也是姐姐创作的，所有数据和文件夹的日期也利用免费软件进行了时间上的调整。

从今天开始，真织将阅读电脑中的笔记本和日记来认识自己和日常生活，并在其中写下新的一天。

真织的手机放在别处，正充着电。我拿出新手机，参照旧手机，往里面安装一样的应用软件。只不过，我故意没有将聊天记录迁移过去。

如此一来，真织将无法通过过去的聊天记录发现透的身影。

至此，真织与透再也没有任何交集。

“到时候，后面的事情就交给绵矢了。”

曾几何时，透这句像是玩笑的话语又在我的记忆中复苏。

我不禁抬起头看看天。透，我这么做是对的吧？

这么说来，我从前只叫你的姓，还没有叫过你的名字……

我把新的手机放在桌上，又把真织的那部旧手机收进包里。以后，它将由我保管。

速写本也有许多本，我小心地撕下画有透的纸页，装进事先准备好的大文件里。撕掉后留在速写本上的碎纸也被我一一清除了。

我做了一份检查用的清单，以防有遗漏。

这时，我发现自己忘记了一件重要的事——必须更换贴在墙上的纸片。

这么想着，我往墙上望去。

“我因为遭遇事故，产生了记忆障碍。一定要看桌上的笔记本。”

“可我依然毕业了哟。我真棒。”

“一日入魂。”

“不要忘记对家人的感恩之心。”

本该没有生命的白纸，只因上面有了一些话语，便一直守护真织至今。

我感觉自己像是做了背弃它们的事，有些心虚，看了一会儿就没看了。

“我因为遭遇事故，产生了记忆障碍。一定要看电脑里的笔记和日记。”

只有一张也许会让人觉得不自然，于是我将真织手写的东西全部换成打印件。而纸上的内容我早已一字一句地刻在了心里。

这时，我发现了一件不可思议的事——在其中一张纸的背面贴有一张便笺。看见便笺上的内容，我停下了手里的动作。

“如果哪一天我痊愈了，也要记得神谷透同学。重要的东西一定存放在重要的地方。”

它为什么会贴在这样的地方？我不得不思索这句话背后的含义。

当有一天不再需要这些纸，撕下它们的时候……也就是说，从记忆障碍中恢复过来时，真织希望自己能看到这张便笺。

我本以为真织没注意到我和姐姐在做什么，难道她还是察觉到了吗？抑或是对透的思念太过强烈？

我忍不住要哭了。无论如何，这张便笺同样不能留下。如果重新贴在新纸的背面，真织早晚会注意到。

我将贴纸连同便笺一起收进书包，把打印好的新纸片贴在墙上。

我关上灯。关门前，我回头看了一眼。

新换上的冰冷的纸片，仿佛在一直凝视着我。

从那以后，真织每天都会看电脑，读着电子化的笔记和日记，再把新的一天输入进电脑里。

真织的母亲告诉她，这是她一直以来的习惯。

将所有东西替换后的第二天，我与真织见面了。这时，她已经忘了透的死讯，却依然显得很痛苦。她不知道自己为什么会身心俱疲。

“聊天记录的迁移好像没有成功，气死人了。那里面还存了好多我和你过去开心的聊天记录呢，这下再也看不到了。”

我从正面抱住情绪低落的真织。

“没关系的。开心的事可以以后再做啊。不光是在聊天里，现实中也要做个够。我……我会让明天的真织也过得开心的，好吗？”

真织似乎对突然发生的事感到很困惑。她“嗯”了一声，把脸轻靠在我的肩膀上，说道：“谢谢你，小泉。”

日子一天天过去，真织渐渐恢复了。

人的自愈力，让人既高兴又悲伤。

四月来临，真织过上了新的生活。不知不觉间，她又变回了往常模样。

上大学后，我与真织会尽量在周末见面。

平日里，真织有时去上绘画兴趣班，有时去公园散步。

过去总和透出双入对的真织，现在常常一个人走在车站附近。

真织当然不会知道她的生命里少了一个最重要的人，然而，那样的场景让我无法承受。

四月底的某一天，天气好极了，我与真织相约在公园散步。

这是透和真织第一次约会的地方，也是高三前的那个春假我们三人一起赏过樱花的地方。真织说想来这里转转。

樱花已经完全凋零，我们走着走着，真织喃喃自语道：

“是什么呢……我总觉得自己忘了一件特别重要的事，可就是想不起来……不过也不奇怪，我根本不记得前一天发生的事情。”

经过近一年的岁月，真织终于从记忆障碍中恢复过来。

这个秋天，真织已经是补习班的学生了。我们坐在咖啡店，真织拿着画着透的速写本问我：

“小泉，这是谁啊？”

我的脑海中顿时被各种想法塞满。为什么真织手上会有画着透的画？我本以为全部被我收走了，原来还有漏网之鱼吗？

我喝了一口杯中的水。

是啊，其实已经没必要再隐瞒透的事了。真织从记忆障碍中恢复了，也不再有并发症的危险。即使知道了透的事，时间也能帮助她疗愈一切。只有一点点痛苦，一定很快就会消散。

“哎？啊，哦。高中暑假时，你不是常去图书馆嘛。就是那时候，你们见过几次。”

我的行动与想法背道而驰——我无法断定怎样做对真织来说才是对的选择。

真织会忘记所有与透有关的事。将来也许还会有许多次好奇地打开速写本的机会，可那时她已经重新有了喜欢的人，速写本也会渐渐从记忆中淡去……

我想象着另一种幸福降临在真织身上的可能性。既然如此，痛苦的回忆是否显得多余？

真织不依不饶，迫切想要解开心中的疑问。

“嗯，可是，为什么会有这么多？”

“那个时候你特别迷恋人物素描。不光是画我，也想画画男人，那个人就帮了我们的忙。”

“这些我怎么没写进日记里？而且，为什么要藏起来呢？我是在书架后面找到的。现在回想起来，那个地方，是我以前藏重要东西的地方。”

藏重要东西的地方？便笺上的那句话顿时在我脑海里闪过。

“如果哪一天我痊愈了，也要记得神谷透同学。重要的东西一定存放在重要的地方。”

现在，我终于完全理解了这句话的意思。

重要的东西，存放在重要的地方。

我明白了，真织不想忘记透，无论发生任何事。

“你知道我爸爸的性格吧？他有点过度保护我。我才上小学的时候，他就会偷偷跑到我房间来看我的交换日记。我觉得很烦，把认为重要的东西全藏在书架后面了。不过初中不怎么发生这种事，我就渐渐忘了。可这本速写本偏偏放在那里，我觉得不是偶然。”

真织的表情不像是单纯地寻问，更像是不满和失望。

真织认真地问道：

“小泉，你是不是在隐瞒什么？”

我并不是没有想过会有这么一天到来。

我可以嬉笑着一笔带过。当然，也可以编一个故事蒙骗真织。

是的，我完全可以搪塞过去。现在依然可以这么做。可我……

不知何时，我的视线模糊了。泪眼婆娑中，隐约可以见到真织满脸疑惑。

不行啊，我不能哭。哭什么啊？为什么哭？为了一介怪人，一个不知道满脑子在想什么的人，一个冷酷的人，凭什么为他掉眼泪？

来吧，笑一个啊，编造一个谎言告诉真织。然后，这件事就会过去了。

“真织，他……”

可是，我不可能说谎。

“是真织的恋人。”

因为那是一对真心相爱的人，所以我不可能说谎。

耳边传来真织困惑的声音。我努力想要继续说下去。

这时，透的脸不断浮现在我眼前。他的笑容，他的困顿，他的托付，他最后一次认真的表情……

“可是，可是……”

我来不及擦拭眼中不断滴落的泪水，哽咽着说：

“他……已经不在这个世界上了。他已经死了。”

陌生的她，心中陌生的他

1

当小泉说到速写本中的男子时，我感到一阵混乱。接着，她告诉我那名男子与我的关系。

一次机缘巧合，我们成了一对假扮的情侣。我与他每天都会见面。每一天的我都被他鼓励着。养成画画的习惯也是受到他的启发。

某一天，我的这位恋人因为突发心脏病，死了。

为了遵循他的遗志，小泉他们将他的一切从我的日记中彻底删除了。

我十分错愕。

我没理由生小泉和姐姐的气，她们也是考虑到我的精神状态才这么决定的。如果这是他最后的心愿，换作是我，想必也会做出同样的选择吧。

我更恨自己。对忘记了一切的自己，我感到错愕。

一个如此重要的人就这样被我轻易地抛在脑后，我对自己哑口无言。

小泉不停地向我道歉，我让她不必放在心上。

然而，我的大脑一下子变得空白，无法思考任何事。

小泉看着我，显得很担心，又说有东西要拿，暂时离开了。

我点了点头，视线又下意识回到速写本上。

我并不知道画中人是我的恋人。无论看再多遍也完全想不到会是这种情况。

可是……也许是我的身体，也许是我的灵魂，还记得这一切。

也许是心脏的跳动，在拼命呼唤我。

我拿起速写本，翻开一页。

纸上是不同角度的脸，各式各样的表情，但我怎么都想不起来。我为什么忘记了如此重要的事情?

不知是因为懊悔还是悲伤，我的眼角有些发热。

眼前都是他的剪影，我却想不起来。

我像放空了一样独自坐着，也不知时间过了多久。等我回过神来时，小泉已经回来了。

我努力摆出一个笑脸。小泉看着我，表情有些哀伤地拿出几本笔记本和日记，还有一个装有画的大文件夹。

“这些……是你写下的真正的日记和笔记本，还有你画的神谷的画。日记里全部是和神谷一起度过的日子。对不起，本来当你从记忆障碍中恢复过来的时候，我就应该告诉你的。真对不起，一直瞒着你，把你最宝贵的回忆夺走了。”

我从小泉手中接过它们，告诉她不用道歉。

我本想立刻打开日记读，又怕自己情难自控，只好作罢。

小泉一脸歉意地低着头。我也说不出话来，意识到这样的气氛不能再继续下去。

“小泉，快吃吧，有这么多甜食呢。”

小泉终于抬起头来。

“哎……”

“我不觉得你做了什么需要道歉的事。相反，我都不知道该怎么感谢你。感谢你尊重了对于我来说，十分重要的人的遗志。我还要向你道歉，实在给你带去了太多的麻烦。真的谢谢你。”

我们在咖啡店坐了太久，我感到有些抱歉，便点了许多甜点。

使用当季水果制成的奶昔、经典的切片蛋糕、加入鲜奶油的栗子戚风蛋糕，还有小泉最喜欢的巧克力蛋糕。

甜食会带给我们笑容。

我们一边打趣，一边吃蛋糕，一直在强撑的小泉表情总算有所缓和了。

我说了一堆玩笑话逗她——

“这么说来，我有记忆障碍的时候，新推出的蛋糕对我来说每天都是新推出的吧。”

我说完，故作坚强的小泉也笑了。

“这个梗，你说过很多次了。”

“我知道。”

我们相视而笑，一如往常。

我回到家，拿定主意，慢慢打开了日记。

日记从与神谷透同学的相遇开始，一直记述到他的离世。日记向我说明了一切。是神谷透一直陪伴在我身边，珍惜我，让我活在喜悦中。

我记录了他的脾气、爱好。他十分重视卫生感。为难时总是笑得不干脆。

我没有全部看完。但见字如见面，我仿佛感受到他的气息。

而另一本笔记本上还有神谷透同学专门的页面，上面也写着各种各样的事情。

我在昏暗的房间里与它们对视，不知不觉已是傍晚。

妈妈在房门外喊我吃晚饭，我说自己有些不舒服，待会再吃。

妈妈踌躇了片刻，问我："他的事……神谷透同学的事，你已经知道了吧？"

我很吃惊。隔着门，妈妈告诉我她接到了小泉的消息，让我千万不要责怪小泉。小泉和神谷的姐姐，她们的痛苦不比我少，是为了我才选择了隐瞒。

打开房门，我和妈妈四目相对。

"妈妈……妈妈你早就知道吗？神谷透同学的事。"

妈妈低下头，左右摇了摇。

"我其实很想见见他，也想和他说上几句话。可是一直没有那样的机会。不过，我和你爸爸……没有忘记他对我们女儿的这份恩情。他忌日时，我们每年都会悄悄地去看他，那个相信着你的未来，守护着你的心的人。"

妈妈哭了。像那天一样，哭了。

很快，妈妈整理好情绪，擦干眼泪对我笑了笑。

"饿了的话随时下来吃饭。"妈妈留下一句温柔的话语，下楼了。

我关上门，抱着靠垫坐在床上。

夕阳在无声地下沉。我的思绪无法集中，时间随着秒针一点点地流逝。

没有一丝灯光的房间里，月光爬了进来。

我试图在寂静中想起些什么。我强烈希望自己能想起些什么。

等我注意到手机亮起时，已经过了晚上八点。

是小泉发来的消息。

消息里说，我用过的手机一直由她保管着。现在充好了电，如果我愿意，她可以随时还给我。

看了视频和照片，我能稍微想起神谷透同学吗？

我很想接受这个建议，但最终还是拒绝了。

“谢谢。说不定看了那些视频和照片，我就能想起他了。可我觉得那不一样。我害怕，害怕我心中真正的他会被视频和照片带给我的印象抹消掉。如果是这样，我以后记得的只会是照片和视频里的他。我又说任性话了，抱歉。”

“我才应该道歉。我觉得我能理解真织的心情。不过，你要是不介意的话，只是听听透的声音也行啊？”

我犹豫片刻，接受了小泉的提议。

过了一会儿，小泉给我发送了从视频中提取的音频文件。

打开播放键，手机传来某种东西摇晃的声音，还有我的欢呼声以及风声。我很快明白了它的出处。

这是我任着性子非要他骑自行车载我时候的事。

我听见了自己的大叫声。我曾经这么天真、开怀地笑过吗？然而，我把它们都忘了。

“日野，不要把身子太靠前，小心掉下来。”

我终于听到了，神谷同学的声音。神谷……透，我曾经的恋人。

那是一个有些不太像高中生的沉稳的声音。

我用愉快的声音回应道：

“怕什么，你就是爱操心。”

“日野你胆子太大了。”

“啊——什么？风太大，我听——不——见——”

“没什么。”

“透同学，今天也谢谢你。”

“啊？什么？你说了什么？”

“没什么——”

声音断在这里。我的身体像是和过去产生了共鸣，不停地颤抖着。

在静谧无声的夜里，我反复播放着那份音频文件。

2

第二天，我从补习学校放学之后，开始四处打听我和神谷透同学的事。

我和以前真正的同班同学取得联系，告诉他们我曾患记忆障碍，并且现在已经恢复的事。他们听了，都大吃一惊。

关于神谷透同学和我，大家异口同声地说了相同的话。

“你们俩总是有说有笑的，看着很幸福啊。听说你们是一对恋人，一开始我们都不相信，不过慢慢就觉得你们俩挺般配的。日野你总是叫他透同学或者男朋友，可他总是只叫你的姓，有点好笑呢。”

也许是我打听神谷透同学的事在同学们之间传开了，一位高二时曾经和神谷透同学同班的男生约我见面。

“日野和神谷之所以开始交往，是因为我当初老爱惹事。”

他穿着得体的白衬衫，看上去是个认真的人，丝毫看不出他会对别人找碴，但想想可能大家都是这样的。

看着吃惊的我，他虽然流露出些许迟疑，但还是一五一十地告诉了我他们之间发生的事——神谷透同学为了保护同班同学，接受了他心血来潮的要求。

他告诉我，他初中时文体兼优，曾一度以自己为傲。可进入高中后，成绩一直不理想，因此变得消沉度日。因为透的那件事，他被同伴孤立，而正因为如此，他开始重新审视自己，回归学习。高三时，他考入小泉所在的班级。

“我……最早欺负的那个人叫下川，没多久他就转学去国外了。听说他现在还在国外念书，不过已经开了一家风投公司。知道神谷不在的时候，我第一时间联系了他。他赶回来参加了葬礼，哭得特别大声。我想，日野的事，下川一定也是清楚的。”

我在网上搜了一下这位名为下川的男子，很快就有了结果。他有着端正俊朗的面容，能看出是一位教养良好的知性男子。

最后，小泉把一个人介绍给我。

是神谷透同学的姐姐。

即将和这位只在日记中出现过的人见面，我有些紧张。对方一直认识我，我却忘了对方。

通过日记，我大概掌握了和她相关的事。

市中心车站的出站口连着一间酒店。我走向酒店的咖啡厅，告知了预约的名字。服务员带我去了靠里面的座位。

姐姐已经到了，坐在位子上。一见到我，已是小说家的姐姐就站了起来。

“你好。”

她先向我打招呼，惶恐中，我慌忙低下头。

“你……你好。抱歉，今天占用你的时间，还麻烦你特意来见我。”

“没关系，我正好来这边办事，你别放在心上。”

姐姐盯着我，这么说道。

我眼前的女性，美丽而成熟。那份温柔，又沉静又干练。

突然，姐姐嘴角一扬。

“记忆障碍已经好了吗？”

“啊，是的。托大家的福，已经痊愈了。所以，我现在……”

我一个劲儿地点头，姐姐催促我坐下。

我们一起坐下，打开菜单，向服务员点了饮料。

姐姐若有所思地盯着我，像是在思考什么。

“其实我以前也说过，因为你，透一定很幸福。”

幸福——听见这个词，我甚至忘记了眨眼。

真的……是这样吗？在生命结束的前一天，他还和我在一起，可我失去了所有与他相关的记忆。我每天重复着“失去”。他的时间与过去，我不曾共有，唯一留下的只有日记和笔记本。

“我……已经不记得透同学了。”

“是啊。可是，我想透依然是幸福的。”

我与姐姐四目相对，看到她的眼眸中闪过一丝落寞。

"透用和你的回忆给自己的人生点缀上了色彩。虽然透已经不在了，但是，透爱着的人是你，想要保护的，想要珍惜的，全部是你。"

我的心生疼，紧紧抿着嘴唇。视线那边，是低着头的姐姐。

"对不起……突然和你说这些。不过，我没有想过让你记住透。恰恰相反，我希望你能忘记他，开始新的生活，透想守护的一定也是这样的明天。你就放下透的事情，用你的柔情给别人带去幸福吧。这是你能做到的事，你的幸福只在自己的手中。我希望你能这样活下去，这一定也是透所希望的。"

姐姐说的是我的未来。

我不由得想起，在我有记忆障碍时，一直没有放弃过我的人：小泉、妈妈、爸爸、神谷透同学的姐姐，还有……

我脑海中浮现起速写本中的脸，忍不住问道：

"真的这样就可以了吗？真的可以忘记吗？"

姐姐用那双清澈的眼睛看着我。为了让我安心，姐姐先放松下来。

"可以啊。唯有遗忘，人才会朝前走。"

"那姐姐呢？"

姐姐的眼神突然转向别处。

这时，我们点的饮料被端了上来。姐姐望着红茶杯中缓缓注入琥珀色的液体，然后端起杯子啜了一口。

我像姐姐一样，把自己点的咖啡也倒进杯子里。

"总有一天，我也会放下透。如果能一直写小说，说不定有一天我接受采访时，能在话筒前轻松地和其他人说起去世的弟弟。总会过去的。当然了，无论什么伤痛，都不会完全消失不见。因为创伤也有它自己的记忆。可是，痛感只是一时的。人们就是这样活下去的。当风吹铃动，当我偶尔打出‘透’这个字时，或者当我偶尔回忆起来时，我都不会再痛了。”

即便创伤不消失，痛感也不会永远持续。人就是这样消解自己内心的悲伤吗？悲伤会从此淡去？

姐姐说得有道理。总被囚禁在过去，人会止步不前。然而，我更悲伤的是，有一天我会不再悲伤。

“回忆是很重要的东西。”

听到我这么说，姐姐将目光移到我身上，仿佛在窥探我的内心。

“我失去了重要的东西。我想……如果大家都渐渐忘记他的话，我想把他重新想起来。我想把重要的东西找回来。”

姐姐难过地皱了皱眉。

“那可能会很痛苦。”

“就算是为了自己，我也想记起来。重要的东西应该藏在自己的心中。”

“那你能答应我不被过去束缚，积极面对以后的人生吗？”

“我答应你。”

“总有一天，你还会……”

姐姐停顿了一下。

“我说些冒昧的话。等将来有一天，爱你的人再次出现的时候，请你好好爱那个人。透的事，就让它过去吧。”

我尚未知晓爱的意义，但听到姐姐的话时，我不禁回想起属于我们俩的日记。

我该如何称呼它？青春？恋爱？他不渴望回报，不停地带给我快乐，仿佛不追求任何事，他……

“好的，我会的。不过，要等那个人真的出现的时候。”

我笑着回应姐姐，姐姐也对我微微一笑。这是我们那天第一次相视而笑。

之后，我问了姐姐许多关于透同学的事情。他小时候是什么样子的？他是怎么长大的？姐姐一一回答了。

我还对姐姐说：“我终于能记住姐姐写的书的内容了。”

姐姐见状，嘴角微微一扬，笑容美极了。

我问姐姐目前执笔的作品，姐姐想了想，告诉我：

“是关于一对男女的故事。有些严肃，但也充满救赎。如果他们没遇见彼此，也会过得不错。但恰恰是因为他们相遇了，所以都收获了更美好的人生。大概是这样的故事吧。”

按照和姐姐的约定，我要先过好自己的生活。我努力回想与他相关的事，没有因此疏忽学习。我的“现在”，是由他创造的“未来”所造就的。

秋天结束，冬天如约而至。拼命学习，奋战考试的日子也画上了句号。

春天时，我比同龄人晚两年进入了第二志愿的省内大学。

如果神谷透同学知道这个消息，会露出怎样的表情呢？他会为我高兴吗？

晴朗的春日午后，为了庆祝入学，我和小泉约好去樱花树十分出名的公园赏樱。这个公园我已经去过很多次了。

早开的樱花在风中摇曳。风一吹，仍有一丝丝凉意。

品尝完小泉亲手做的便当后，我们在公园内散步。小泉把泡在茶壶里的红茶倒进纸杯，递给我。

高雅的水果茶香味扑鼻而来。

“这个味道，我总觉得好熟悉。”

我望着樱花，若无其事地说出这句话，小泉有些一愣。

“真织……你曾经说过这句话。”

“是吗？是什么时候？”

从小泉踌躇不定的举止中，我知道那肯定是我还患有记忆障碍时的事。

她向我娓娓道来。那是高中二年级的时候，我们三个人结伴去水族馆时发生的事。

“他突然碰到了他的姐姐，后来只有我们俩去了水族馆。我们拿着一个野餐篮，里面装着他亲手做的便当。有什锦寿司饭，放了很多配菜，还有他泡的红茶。那个时候你就感叹红茶有股熟悉的味道。那是因为，之前我们在他家喝过。”

接着，小泉说了一些专业的话。

据说人的嗅觉，是和处理记忆以及情感的“海马体”彼此相连的。因此，香味能唤起人的记忆。

我低下头，琥珀色的液体被无声地定格在杯中。此刻，一片樱花花瓣在枝头摇摇欲坠，被风吹散。

还差一点，就差那么一点点，我就能触碰到他的记忆了。难道就这样结束了吗?

每次总觉得要想起什么的时候，我大脑的思绪又会被打乱。想着这些，我对小泉说了句“是吗”，喝了一口红茶。

“我会让明天的日野也过得开心。”

一句有些陌生的话突然在我脑中闪现。它出现得猝不及防，让我有些震惊。那声音，实在太过清晰。

是我的大脑加工了我曾经在音频中听到的声音，再将日记中的内容读了出来吗?

“我不奢求幸福，我觉得这样就好。”

不，不。日记里没有这样的内容。

我眼前浮现出某个人淡淡的笑容，有些发白，有些模糊。可是……

“在遇见日野之前，我一直坚信我这辈子就这样了。”

我记得他。白皙，瘦削，温柔如水。

“每次叫日野的名字都觉得心情也变好了。”

他是我最重要的人，是一直带给我微笑的人。

“我可以喜欢日野吗？”

记忆中的声音停了下来，我的眼角不知为何有些发热，眼前的视野也变得模糊起来。

风沙沙地吹过，吹散了刚刚绽放的樱花。

“你不要紧吧？”

我看向声音来源，发现小泉正担心地看着我。

我用力抿紧嘴唇。我害怕如果不这么做，我会潸然泪下。

“嗯，谢谢。刚才……刚才我好像要回想起什么了。”

“是吗？”

“我好像听见某个人的声音。他在笑。我好像听见他对我说，要让明天的我也开心。”

小泉显然知道我说的人是谁，都不需要向我确认。

她有些酸楚地低下头，我朝她笑了笑。只是，我的声音在颤抖。

“我什么也不记得了。可是，只要努力活着，总有一天我会想起来的。”

“嗯。”

“重要的东西应该藏在自己的心中。重要的东西，要全部，全部回想起来。一定会回想起来的。我……我……”

不知不觉间，我的一只手捂住了脸。

我想起姐姐说过的话：无论怎样的悲伤，终将会被人们忘却。痛感只是一时的。

可在这份痛感还未消失殆尽之前，我不想吝啬自己的泪水。当个爱哭鬼也无所谓，它们都是我的一部分。哀愁，痛楚，喜悦，回忆。所有的，一切。

如此想着，我又流下了眼泪。

藏在我心中的你

出了车站一路到公园，到处都开着樱花。

春日阳光明媚，早上还有些刺眼，一到下午便变得和煦许多。阳光淡淡地照着人与绿景，樱花飘落，又是一年的春天。

最近日子久违地清闲，我可以望着街景在街上漫步。

当我还在念高中时，因为考试繁忙，高三那一年转眼之间就过去了。那时候我想，再没有什么会像高三这年一样，时间过得如此飞快。

可参加工作后的那一年，时间竟然比高三那会走得还快。

这样的日子过久了，我慢慢觉得高中时代离自己越来越远了。

我偶尔会想：这是梦吗？这一切都是梦吗？真正的自己还是高中生，读书累了倒头就睡。醒来后，真织和透就在我的身边微笑着，两个人看起来幸福极了。看着这一幕，我感到无比的安心。

很遗憾，现实并非如此。

我已经二十四岁了。

“我什么也不记得了。可是，只要努力活着，总有一天我会想起来的。”

距离真织对我说出这句话，时间已经过了三年。

已经读大四的真织直到现在仍然在努力地回想透。她靠日记和我的话重走他们曾经去过的地方，重做他们一起做过的事，拼命尝试回忆所有和透相关的事。只是，那不像红茶的气味，无法轻易地被回想起来。

然而，真织并没有放弃，而是直面自己。她一边上大学，一边继续面对被遗忘的自己的过去。

一点一点地，她慢慢记起了透。

我的工作越来越忙，参加工作后能见到真织的日子越来越少了。即便如此，我们至少三个月会见一次面。

在今天这个晴朗的星期天下午，我和真织约好要见面。见面的地方是我们去过几次的，以樱花树闻名的公园。

才到下午，公园已是水泄不通。

真织考上大学时我们来过。高三之前的那个春假，我、透和真织也来过。

“啊，小泉！这边这边！”

我正在公园里找真织，就听见有人叫我，那声音充满了活力。

是真织。她坐在铺好的垫子上，这是一处绝佳的赏樱点。

真织让我把这次寻找赏樱点的任务交给她，还说因为自己想画一画樱花，怕时间一眨眼就过去，所以一大早就会来。

在回想透的同时，真织也有好好地享受自己的人生。我走近一看，发现她的身边还坐着一些人，应该是大学里交到的朋友吧。

“真织还是那么有精神呢。”

“没精神的我，是不是让人有点害怕啊。”

听到这样的玩笑，我想起了得知透死讯时的真织。不知不觉间，它们都已经成为过去。

真织向她的朋友们简单介绍了我，然后大家开始享用摆在垫子上的美食。

眼前是各式精美的便当，其中有真织亲手做的什锦寿司饭。从前的黑暗料理王，如今的手艺让人刮目相看。当年为了回忆起透，我和真织也曾一起做过。熟能生巧，真织越做越好了。

我的年纪比真织的朋友们年长几岁，又已经参加工作了。刚开始，她们有些顾虑和紧张，我对她们笑了笑，大家很快聊在了一起。

我也在一点点改变。在看不见的地方，每天都会有各种各样的东西在不断前行。我想，那一定就是生活吧。

转过头一看，真织也和身边的朋友开心地说着话。

透所创造的，一定就是此刻这样，属于真织的平淡生活吧。

把理所当然的事情当作理所当然，时而快乐，时而痛苦，一切都在平静的日常生活中，晚上睡觉，明天就会到来。

透所相信的，一定就是此刻这样，属于真织的未来吧。

也许几十年后，当人生再遇挫折时，想到年轻时的往事，真织能笑着说一句“这有什么的”。

我和真织走在樱花路上，想两个人单独聊一会儿。因为想画樱花，真织带上了速写本。我们一路说着无关紧要的玩笑，情绪高涨时，我好奇问道：

“这么说来，那之后……”

真织停下脚步，并没有问我是什么问题。过了一会儿，她“嗯”了一声，把速写本递给我。

我感觉有些奇怪，接过速写本。为了不妨碍别人通行，我们来到树下。打开速写本，里面有景色、人物、动物等各种各样的画。

真织每天都在画画吧。

“还是画得那么好啊。不过，这本速写本怎么了吗？”

"哦，没有。我还有个东西想让你看，但我有点害羞。还要再翻几页。"

我们之间还有什么可害羞的。

我抬头望了望天。樱花花瓣在风中无声地飘落。

"樱花真美啊。"

听我这么说，真织也跟着抬起头。

"真的好像雪。天空中无名的雪，是这样说的吧？我在日记里读过，我和他也在这里赏过花，这个叫法就是那时候他告诉我的。"

我不由得把目光转向真织。

"好像有诗人称樱花是天空中无名的雪。"

天空中无名的雪。樱花散落的景致，在老天爷看来，却也像是一场连自己都有些陌生的雪啊。透是受了姐姐的影响吧，言谈间总有几丝风雅。

真织经常阅读日记。有些事如果不是真织提起，连我都有些记不清了。虽然有些悲伤，但不得不承认，岁月也从我身上渐渐带走了与透有关的回忆。

我轻轻闭上眼睛，在黑暗的世界里描绘着透的模样。他出现了，可那张脸有一些模糊。仅仅六年，透已经成为悲伤的过去。

"还有，日记里写得不是特别清楚，不过他好像和我说过其他版本的五月病……好像还挺有趣的。"

听见这句话，我睁开眼睛，将视线转向她。

倔强的真织直到现在仍然不愿意打开旧手机，那里面有许多透的照片和视频。真织说，重要的东西必须藏在自己的心中，要靠自己回想起来。

这份努力有时候会让我悲伤。即使回想起来，无论如何，透也回不来了。

我抿紧嘴唇，又开始翻起速写本。

真织站在我身旁，像是一直在思考着什么。

“啊，对了……樱花凋零那一阵子大家都过得忙忙碌碌的，可到五月就能静下心来了。就是这个。”

我听着真织的话，翻着翻着，手在其中一幅画前停了下来。

起风了。花瓣被卷起吹向空中，有如一场樱花的暴风。

就像第一次被电影感动的日子一样，就像被美丽的画作打动而停下脚步的瞬间一样，那种去而不回的新鲜感向我扑来。

速写本中，有透。

是我从未见过的透。过去的速写本里，透不是侧着身子就是羞涩又含蓄地笑着，可眼前这张画有些不一样。

也就是说，这是真织回忆起来的透的样子。

我静下心继续往后翻，还有一些同样表情的透。

我忘我地不停翻阅速写本，发现真织画了许多透。

一张纸精巧的素描惟妙惟肖，见到画仿佛看到了真人，甚至能听到令人怀念的声音……

我把视线转回到真织身上，她正定定地凝视着前面的樱花路。

我欲言又止。此刻的真织就像从前那样，在回想些什么吧。

“小泉，不好意思，速写本能先给我一下吗？”

“哎？啊，嗯。”

我递给真织。在樱花盛开的树下，她拿出铅笔在速写本上画了起来。

这是我第一次看到真织画画的样子。

她画得快极了。我不免感叹，真织这么快就能捕捉到轮廓吗？

是啊……因为真织每天都会画啊。和透在一起时，透离开之后的每一天，每一天，她都在画。

很快，一幅画栩栩如生地出现在纸上。

樱花树下有一个人，他的模样逐渐变得鲜明。他的双眼满溢温柔，像极了那天的透。

那天，我们三个人约好了一起赏花。

那是未被记录在任何影像中，只有他身旁的人才能画出的景象。

慢慢地，我眼前的视线模糊了。我怪自己太不争气，拿出手帕擦了擦眼角。

卫生感是装不了的。

透，你知道吗？我啊，自从认识你之后，就学你自己熨手帕了。

突然间，和透一起度过的日子像按了快进键，飞快地在我脑海中闪过。

总有一天，它们也会随着时间，慢慢消失不见。可我相信……即使物换星移，即使昨日的美好淹没在时间的无涯的荒野里，有些东西也未曾变过。

心所描绘的世界，永远不会褪色。

“我又想起了一些与透同学有关的事，但这一定还不是全部。”

真织一边挥动铅笔，一边接着说道，还深深地叹了一口气。

“我喜欢的那个他已经不在了……可属于他的回忆永远留在我的心里。是啊，静静地沉睡于心底。因为有这份回忆做伴，我才勇敢地活到了今天。我不知道该怎么表达，但我想这就是所谓的希望吧。整个世界都在慢慢地遗忘透同学，只有我……”

泪水从真织的眼角滑落。她擦去泪水，又继续画了。

“我为什么哭呢？因为还痛吗？可我觉得自己很幸福哟，我想我还喜欢他。不过没关系，我会遇到我爱的人，我会抓住属于自己的幸福的。只是，在那之前，我……”

我想说点什么，但任何言语在此刻都显得苍白。

在这瞬息万变的世界里，透一直待在我们身边。

在真织的心中，透一直活着。

而真织记忆中的透，依然是当天的模样——

真织画中的透，始终微笑着。

一如赏樱那天只顾着注视真织那般——透温柔的笑容，永远定格在了画中。

后记

就像“生”中包含着“死”，人在得到所有东西的同时也在失去。

失去之后，我们才会意识到它真正的价值。

健康也是如此。生病之后，我们才意识到健康的重要性。

人与人之间的关系亦是如此。失去之后，我们才会觉得那份情谊弥足珍贵。

有些事情可以重来，但更多的不能。

人生只有一次，等失去之后才珍惜，为时已晚。

我从某个时期开始，慢慢领悟到，现在理所当然拥有的东西，总有一天会失去。

这绝不是悲观，而是在脑中通过想象“失去”，让自己更加珍惜当下的每一刻。

现在一起共事的人，不知何时也会慢慢变得没有交集，甚至连见面的机会都没有。那不如好好珍惜他们，温柔待人。

现在一起玩的朋友，不知哪一天也会因为距离和时间而疏远你。如果是这样的话，我想竭尽全力享受现在，充满感激地笑对每一个人。

即使是亲人，即使是对我们很重要的人，也没有所谓的永远。既然这样……

在本作中登场的，是那些失去了生活中理所当然的、重要之物的人们。

这是一个令人悲伤的故事，但并不是悲剧。

出版之际，我受到来自各方的照顾和支持。感激之情，实在难以言表。

特别感谢我的编辑，让我学到了很多东西。今后也请多多关照。

最后，我向各位读者致以衷心的感谢。

恕我不能直接向每一位读者道谢，在此，请允许我向大家深深地鞠上一躬。

十分感谢您购买拙作。

我们有缘再见。

一条岬

原作名：今夜、世界からこの恋が消えても，作者：一条岬，原版设计：カマベヨシヒコ
KONYA, SEKAI KARA KONO KOI GA KIETEMO

First published in Japan in 2020 by KADOKAWA CORPORATION, Tokyo.
Simplified Chinese translation rights arranged with KADOKAWA CORPORATION, Tokyo.

著作版权合同登记号：01-2021-0884

图书在版编目（CIP）数据

今夜，即便这份恋情从世界消散 / (日) 一条岬著 ;段练译. -- 北京 : 新星出版社, 2021.7

ISBN 978-7-5133-4556-9

Ⅰ. ①今… Ⅱ. ①一… ②段… Ⅲ. ①长篇小说—日本—现代 Ⅳ. ①I313.45

中国版本图书馆CIP数据核字(2021)第115570号

本书为引进版图书，为最大限度保留原作特色，尊重作者写作习惯，酌情保留了部分外来词汇。特此说明。

今夜，即便这份恋情从世界消散

［日］一条岬 著；段练 译

责任编辑：李文彧
特约编辑：易林子
责任印制：李珊珊
装帧设计：何晓静

出版发行：新星出版社
出 版 人：马汝军
社　　址：北京市西城区车公庄大街丙 3 号楼　100044
网　　址：www.newstarpress.com
电　　话：010-88310888
传　　真：010-65270449

读者服务：010-88310811　service@newstarpress.com
邮购地址：北京市西城区车公庄大街丙 3 号楼　100044

印　　刷：上海利丰雅高印刷有限公司
开　　本：890mm × 1240mm　1/32
印　　张：7.75
字　　数：160千字
版　　次：2021年7月第一版　2021年7月第一次印刷
书　　号：ISBN 978-7-5133-4556-9
定　　价：45.00元